AF279693

LA TORRE DE YCODEN

ExLibric

FÉLIX LUIS FUENTES

LA TORRE DE YCODEN

EXLIBRIC

ANTEQUERA 2025

LA TORRE DE YCODEN
© Félix Luis Fuentes
© de la imagen de cubiertas: Félix Luis Fuentes
Diseño de portada: Dpto. de Diseño Gráfico Exlibric

Iª edición

© ExLibric, 2025.

Editado por: ExLibric
c/ Cueva de Viera, 2, Local 3
Centro Negocios CADI
29200 Antequera (Málaga)
Teléfono: 952 70 60 04
Fax: 952 84 55 03
Correo electrónico: exlibric@exlibric.com
Internet: www.exlibric.com

ISBN: 979-13-87944-61-2
Depósito Legal: MA 1447-2025

Impresión: PODiPrint
Impreso en Andalucía – España

Nota de la editorial: ExLibric pertenece a Innovación y Cualificación S. L.

FÉLIX LUIS FUENTES

LA TORRE DE YCODEN

PRIMERA PARTE

1

No percibía nada, no distinguía ningún objeto ni era capaz de apreciar el tamaño de la estancia. Agitó las manos sobre su cabeza por si había algún sensor que conectara la luz, pero la oscuridad siguió reinando. Al no tener información visual, tuvo que poner en juego otros sentidos como el olfato y el tacto. Olía a tierra y a humedad. Movió un poco los pies, con cuidado de no caer o tropezar con algo, y se dio cuenta de que el piso era rústico, quizá de tierra o de piedra. Se atrevió a dar unos pequeños pasos con los brazos extendidos. Pronto se topó con una superficie dura, irregular y fría, que podía ser una pared.

Mientras sus pupilas se iban adaptando, comenzó a vislumbrar una pequeña rendija de luz y lo que podía ser el hueco de una puerta de otra habitación. Al intentar entrar, tropezó con un escalón y se cayó hacia delante. De suerte que sus reflejos ordenaron a su cerebro colocar las manos, por lo que no llegó a darse un golpe en la cabeza, solo se hizo daño en el dedo meñique de la mano derecha.

Identificó que la minúscula rendija procedía de una ventana que estaba atrancada. Se acercó para intentar abrirla y, al no poder, buscó un fechillo que se lo estuviera impidiendo. Al principio, el cerrojo apenas se movió, aunque fue cediendo poco a poco hasta desbloquear la tapa. La desplazó y comenzó a entrar un buen chorro de luz.

La claridad hizo que Nuhazet abriera los ojos; estaba en su habitación. De pronto, recordó lo que había vivido. No estaba seguro de si había sido un sueño o una realidad. Se fue a levantar de la cama y al apoyar la mano le dolió el dedo meñique de la mano derecha.

★★★

A sus padres les gustaban los nombres guanches; el suyo significaba «el que piensa o imagina». Estaba a punto de cumplir los deseados 18 años, tenía una estatura de 1,83 metros, lo que lo hacía estar en el grupo de los altos de su clase de 2.º de Bachillerato. En los dos últimos años no había hecho tanto deporte como cuando estuvo en secundaria, ya que el bachillerato le exigía más esfuerzo, pero a pesar de todo, su físico no se había debilitado. Más de una compañera de clase suspiraba por él, lo consideraban un tío guapo. Les gustaba su cara, siempre presidida por una agradable sonrisa, su pelo alborotado y unos ojos marrones, dispuestos a atender a quien fuera su interlocutora.

Sus padres querían que estudiara una carrera tecnológica, pero a Nuhazet le flipaba la historia, sobre todo, la que tenía que ver con sus orígenes. Se había hecho muchas preguntas: «¿Cómo eran los primeros pobladores de Canarias?», «¿Cómo vivían?», «¿De dónde procedían?», «¿Qué quedaba de ellos?». Cuando tenía tiempo, le gustaba investigar cuestiones de este tipo, leyendo libros que los estudiosos del tema ya habían trabajado y publicado sobre la historia de Canarias.

Varios historiadores e investigadores de la ciudad del Drago, de su pueblo, Icod de los Vinos, tenían publicaciones que le interesaban mucho. Entre ellos estaban Armindo de la Guardia, Eduardo Moas, Estanislao González, Juan Carlos García, Juan

Gómez y algunos más, que había conocido a través de la revista Ycoden, editada por la Asociación para la Defensa del Patrimonio Histórico de Ycod, y también por los Cuadernos Patrimoniales. El día anterior, leyendo a Estanislao González, en un artículo del número 2 de dichos cuadernos, descubrió que en su municipio, no muy lejos de su casa, había una torre:

La existencia de una más que probable torre o baluarte de defensa con ventana tronera (a falta de una necesaria y urgente excavación arqueológica que confirme sin posibilidad de duda la finalidad y datación de este importantísimo reducto arquitectónico de la conquista) que aún se conserva en las laderas del actual acantilado de La Culata, denominado en este lugar por los guanches con el topónimo de «Atasmano», bajo el actual núcleo de población Las Canales, en Ycod, la cual aparece documentada con el nombre de la Torre desde el siglo XVI.

Ese día Nuhazet tenía la fiesta de graduación de 2.º de Bachillerato, no le daba tiempo para ir a visitar la Torre, pero se prometió a sí mismo que tan pronto como tuviera un hueco iría, y así descansaría un poco de su estudio y preparación para las pruebas de la EBAU.

★★★

No usaba corbata, pero esa vez, por recomendación de su madre, llevaba una de su padre. El acto oficial se llevó a cabo en el antiguo convento franciscano, donde recogió la orla de manos de D. Germán, su padre, que trabajaba en su instituto como profesor de filosofía. Terminados los correspondientes discursos, el alumnado y el profesorado asistente se dirigieron a un restaurante en los altos del pueblo.

Todo el mundo se había vestido de forma diferente a la ropa rutinaria de los días de clase, sobre todo las chicas. Para Nuhazet estaban todas superelegantes. Bueno, no todas, ya que Amanda, la compañera de clase con la que mejor se llevaba, no quiso entrar por ese aro. Ella consideraba que su forma de vestir tenía que ver con su forma de ser, más proletaria que burguesa. No quería cambiar su identidad visual por mucha noche de graduación que fuera, por lo que acudió con los mismos vaqueros con huecos que llevaba a clase y su chaqueta vaquera, que le quedaba bastante larga sobre su delgado cuerpo con escasos pechos.

Comieron, rieron y visionaron montajes audiovisuales donde los principales protagonistas eran los alumnos que terminaban esa etapa. Luego se marcharon al Puerto de la Cruz, a bailar en una discoteca. Algunos llevaban su coche, o el de su padre, pero la mayoría iban en una guagua que habían contratado para la ocasión.

Los coches de los compañeros que fueron para el Puerto llevaban los maleteros con varias bolsas que contenían abundantes bebidas alcohólicas. La entrada a la discoteca les daba derecho a una consumición, y cuando se acababa, comenzaban el paseíllo hasta los coches para seguir bebiendo.

En la pista de baile, se divertían, unos haciendo el payaso, otras tomándose muy en serio su habilidad para llevar el ritmo de la música, y no faltaba quien intentaba impresionar a alguien en concreto para ver si la noche acababa con algo más que alcohol y música.

Un par de compañeras se pusieron a bailar con Nuhazet y él se lo estaba pasando de miedo. El nivel de decibelios incumplía toda recomendación para la salud auditiva. Las vibraciones de los potentes graves luchaban por hacer crujir las paredes, pero la diversión estaba servida. Quien no se divertía era Amanda, ya que esa noche se dio cuenta de que lo que sentía por Nuhazet era más que compañerismo. Los celos eran como bichos que le comían el estómago, viéndolo reír y bailar con las guapas de la clase, así que comenzó a beber más de lo que acostumbraba, que era nada, a ver si podía ahogar a todas las extrañas criaturas que sentía en su interior. El resultado fue que acabó por salir de la discoteca, dando traspiés entre las paredes que parecían moverse hacia el centro del pasillo. Se metió en medio de un jardín y comenzó a arrojar lo que había cenado más lo que había bebido, envuelto todo en una bola de fuego que le ardía en el camino a su boca.

Llegó la madrugada, era la hora de retomar la guagua que los devolvía a Icod. Nuhazet no localizó a Amanda en la disco, así que decidió quedarse a buscarla por los alrededores y luego se irían con alguno de los compañeros que llevaron coche. Cuando por fin la encontró, tendida sobre la hierba de un jardín, estuvo a punto de llamar al 112 porque estaba inconsciente, pero comenzó a recuperarse y junto con Tony, uno de los compañeros que había traído coche, la ayudaron a caminar y a entrar en el Seat Ibiza.

—¿Tú estás bien?, ¿puedes conducir? —le preguntó Nuhazet a Tony.

—Pues claro, estoy de miedo —contestó riendo—. Estuve tomando agua y meando. Seguro que ya paso el control si me hace soplar la poli.

2

Nuhazet, al contrario que los demás días, ni se duchó ni desayunó. La ducha seguro que le habría ido bien para paliar los efectos secundarios de la ajetreada noche de la graduación. Tenía prisa por ir a la Torre. Se puso en camino hacia la finca, que parece ser había sido de su abuelo, pero que la vendió a un constructor que quería hacer una urbanización y no pudo llevarlo a cabo, ya que se tardó un poco en planificarlo y el terreno quedó dentro del paraje natural protegido de los Acantilados de la Culata.

Nuhazet había buscado información sobre estos lugares y encontró que se crearon por sucesivas emisiones de lava desde los orígenes de la isla, hasta la erupción de 1706, del volcán Trevejo, o de Arenas Negras, en Montaña Bermeja, derramando sus coladas al mar, arrasando gran parte de la villa de Garachico, y su puerto que quedó cubierto por completo. La protección de estos parajes se debe a sus valores naturales, como la fauna y la flora, el valioso patrimonio arqueológico, así como su impresionante paisaje.

La cuestión es que, gracias a esa protección, la Torre seguía en pie y estaba sirviendo de estímulo investigador para el recién graduado en bachillerato. Aunque más que un estímulo que le podía generar una pequeña investigación sobre el lugar, sentía como un poderoso impulso que lo empujaba hacia la finca.

Se dirigió hacia la urbanización de la Magalona y, de ahí, se encaminó hacia la variante del Drago, siempre por la izquierda, tal como Rosi, su progenitora, le había enseñado: «peatón a tu izquierda». Subía por la carretera e iba apreciando el contraste de la construcción antigua con las viviendas más modernas que se veían al lado y detrás, hasta llegar, justo antes del túnel, a una entrada asfaltada que le llevaba a la Torre.

Le hubiera gustado sacar fotos de la construcción, pero con las prisas se había dejado el móvil

Observó sus gruesas paredes, algunos muros de la azotea derruidos, dos ventanas que estaban cerradas y un pequeño hueco vertical tapiado con piedras, que, según los historiadores, puede haber sido una tronera: una estructura típica de la arquitectura militar en la época de la conquista de la isla. Si le quitaba las piedras, se imaginaba la punta de la flecha de una ballesta, asomando por el hueco, que al dispararla originaba el zumbido de la saeta cortando el aire; o puede que fuera el caño de un arcabuz y su disparo provocaría un fuerte sonido cuyo eco llegaba hasta la isla baja; casi podía oler la pólvora. Estaba bien para imaginarlo, pero no existía certeza de que los conquistadores hubieran traído arcabuces a la conquista de Tenerife.

En la misma pared de la tronera había un cartel cometiendo el sacrilegio de estar anclado a un muro con tanta historia. El cartel pretendía impedir el paso de los curiosos: «Propiedad privada. Prohibido el paso».

Con Nuhazet el cartel no consiguió el objetivo, dobló la esquina y entró en una especie de patio. A ambos lados de la entrada quedaban restos de dos construcciones que, en su momento, lo más seguro es que fueron dos habitaciones. No tenían el techo, solo alguna pared medio levantada con sus gruesas piedras, y una invasión de plantas. Por el patio se llegaba a la puerta del edificio, pero no tuvo suerte, ya que estaba cerrada con un candado. En una de las paredes había unas piedras que sobresalían y facilitaban el escalar hasta la azotea. Subió y se quedó observando el verde paisaje, lleno de plataneras, de Ycode que se extendía hasta la costa. Observando la maravillosa panorámica que tenía delante, entendió el porqué de la ubicación de la Torre, como posible lugar de vigilancia para controlar los movimientos de los guanches por el camino hacia la isla baja, donde estaría el menceyato de Daute.

Después de un rato, bajó y al pasar por la puerta le pareció escuchar un llanto; agudizó su sentido del oído. Estaba seguro, el llanto venía del interior, de las habitaciones que estaban cerradas.

—¡Hola!, ¿quién hay ahí?

Los sollozos dejaron de oírse.

—¿Necesita ayuda?

El silencio permaneció. Siguió intentándolo, pero nadie contestaba a sus preguntas. Se sentó en el suelo con la espalda apoyada en la puerta, formando casi una sola pieza de madera y carne. Puso toda su atención para intentar averiguar si había alguien allí dentro. Pero el único ruido que escuchaba era la profundidad del silencio, como si todo aquel lugar se hubiera descargado de personas y toda clase de seres.

Después de no tener ni idea de cuánto tiempo había pasado fundido con la puerta, decidió levantarse y volver para su casa. Cogió de nuevo la variante del Drago, pero en una de las curvas entre dos malecones localizó un sendero que le podía llevar a la plaza de Angustias y así cortar camino. Tomó el atajo entrando en un pequeño barranco con una frondosa vegetación en la que reinaba un exuberante árbol que le recordaba a un *ficus*. Comenzó a subir para la plaza; sin embargo, de repente se encontró con un caimán, de cerca de tres metros de largo, que le impedía el paso, y le enseñaba sus poderosas mandíbulas. Nuhazet sabía que en la ermita de la Virgen de Angustias había un caimán disecado, colgado del techo, del que los habitantes del pueblo contaban varias historias, sobre cómo había llegado allí. Lo que no le cuadraba nada era que estuviera vivo en el camino, interrumpiéndole el paso. Pero no era momento para hacerse preguntas, sino para correr por donde había venido. Fue hacia abajo por el barranco, que ya no era solo un barranco, era el río de Ycode, con una abundante corriente de agua, que no le permitía pasar al otro lado. Donde tenía que acabarse el sendero, y retomar la carretera de la variante del Drago, no había carretera, ni de asfalto, ni de tierra, solo el río, con su poderoso sonido y abundante vegetación en sus orillas colonizadas por helechos, palmeras, dragos, sabinas… y a medida que descendía el terreno hacia el mar tabaibas y cardones.

Cuando consiguió perder de vista al caimán, recordó lo que le contaba su abuela, cuando le daba de comer y él no quería. Una historia de un pastor que se había encontrado un lagarto más grande de lo normal, y que durante años lo alimentó convirtiéndose en un caimán enorme, hasta que tuvo que matarlo porque el tremendo animal se comía sus cabras. El caimán casi mató al pastor, pero, este, dicen que se encomendó a la Virgen de Angustias y pudo acabar con él. Entonces lo disecó y se lo regaló a la Virgen colgándolo del techo de la ermita. Su abuela entonces le decía que si no comía, podía venir el lagarto grande a comérselo a él y a su comida.

Había otras historias sobre el porqué del caimán colgado del techo de la ermita. Pero a Nuhazet la que le gustaba era la de su abuela.

3

No solo la carretera de la variante del Drago había desaparecido; es que no se veían casas, solo un malpaís, con sus coladas de lava que llegaban hasta el mar, en la zona que él conocía como la Coronela, pero hacia arriba sí estaba la Torre, aunque ya no tenía viviendas modernas construidas detrás.

Buscó una parte del río donde el agua tuviera menos fuerza y menos altura, y lo vadeó. Se dirigió de nuevo a la Torre, por dos razones: era la única construcción que veía y sentía como una necesidad de volver, algo lo llamaba y no sabía qué.

Cuando comenzó a acercarse, vio movimiento en el patio; había un soldado vestido como en los tiempos de la conquista, en misión de vigilancia, aunque, más bien, descansaba de la vigilancia, ya que se había quitado el casco, y su ballesta reposaba en un muro. Ese soldado, para la suerte de Nuhazet, todavía no tenía muy adquirido el procedimiento para ser rápido colocando la flecha y disparar. Esto le dio la oportunidad al recién llegado de sacar su sentimiento guanche, coger una piedra y, con una fuerza y destreza que a él mismo le sorprendió, acertar en la cabeza del soldado, el cual quedó inconsciente.

Entró con cuidado en la pequeña fortaleza, por si había más soldados. Ahora las habitaciones que en su primera visita estaban derruidas, ya no lo estaban. Una de ellas hacía de cocina y despensa de alimentos. El olor a queso le entraba por la nariz y le llegaba hasta el alma, aunque olía tanto que se notaba que en esos tiempos no existía el frigorífico. Lo más seguro es que ese queso tenía muchos días desde que se elaboró. Otra de las estancias tenía un techo de hojas de palmera y servía de goro para dos cabras y un cerdo. Tres gallinas y un gallo campaban a sus anchas por el patio.

La puerta de la estructura principal, donde había estado sentado y apoyado en ella, ahora estaba entornada. Empujó con cuidado, entró y vio que había varias armas, como hachas, picas, y algunos utensilios para labrar la tierra, aunque no había allí más soldados. Era probable que el resto de los soldados que constituían la guarnición estuvieran en alguna misión fuera de la Torre.

Pasó a la otra habitación, la ventana estaba cerrada y apenas distinguió una especie de catre y una mesa. Pero alguien se movió en una de las esquinas. Se puso en guardia, preparado para lanzar otra piedra que llevaba en su mano, cuando se dio cuenta de que la persona que había estaba atada a la pared.

Se paró y escuchó el sonido de la respiración agitada de quien estuviera allí con él. Era como si se hubieran puesto a competir con sus pulmones, ya que él también respiraba jadeante y su corazón estaba acelerado al servicio del miedo que estaba teniendo. Como no se movía, decidió abrir la ventana. Le costó poco averiguar dónde estaba el fechillo que la aseguraba. Al entrar la luz, vio que era una mujer la que permanecía sentada en el suelo, con las manos atadas a una argolla de hierro fija a la pared de piedras. Ella estaba con los ojos cerrados porque la luz la cegó de forma momentánea. Cuando los abrió, dejó paralizado a Nuhazet. Unos ojos grandes y azules, transparentes, que emitían una poderosa energía. Nunca había visto una mirada tan poderosa y dulce al mismo tiempo. Ella intentó retroceder, pero la pared se lo impedía.

Nuhazet no tenía ni idea del porqué la tenían desnuda y amarrada, pero sí sabía que la tenía que liberar. Buscó un hacha que había visto en la otra habitación. Se acercó a ella, dándole a entender que no le iba a hacer daño y cortó las cuerdas que la mantenían presa a la argolla. Dejó el hacha en el suelo e intentó desamarrar las cuerdas de sus manos.

De pronto, ella cogió el hacha, la lanzó, voló muy cerca de la cabeza de Nuhazet, lo cual le produjo confusión y un gran susto. Pero no iba dirigida a él, sino al soldado que se había recuperado de la pedrada y que se acercaba con un puñal en la mano con muy malas intenciones. El hacha se hundió en el pecho del peón, brotando la sangre al momento y acabando de golpe con su participación en la conquista de Tenerife.

Dácil, que así se llamaba, cogió su tamarco, que estaba en el suelo, se cubrió su bonito cuerpo, mientras Nuhazet estaba en *shock*: por lo que había ocurrido; por el hacha que le había pasado muy cerca, y porque él hubiera permanecido mucho tiempo examinando aquella preciosa figura desnuda. El estado de *shock* lo interrumpió ella cogiéndolo de la mano e indicándole que la siguiera.

Al pasar junto al cuerpo sin vida del soldado, ella le escupió y, por la expresión de su rostro, Nuhazet entendió que lo que dijo podía ser un insulto.

Empezaron a correr ladera abajo, oyeron unas voces y se escondieron tras unas rocas al lado de un cañaveral. Eran parte del destacamento de la Torre, que regresaban. Venían discutiendo sobre quién sería el primero en violar a la preciosa guanche. La discusión la cerró el capitán, imponiendo su rango y dejando claro que él sería el primero, y que después de él, el resto se lo jugarían a los dados.

Nuhazet dudaba si ella lo había entendido o no, pero optó por callarse, entre otras cosas, porque no sabía si se lo podría explicar. Cuando pasaron los soldados, siguieron huyendo hacia abajo, primero de forma muy sigilosa para no hacer ruido y luego todo lo rápido que podían. Ella iba descalza, pero su agilidad superaba a la de él, a pesar de que este llevaba calzados unos buenos deportivos.

Sin pararse a descansar, descendieron por un barranco, atravesaron un malpaís, bordearon un acantilado hasta encontrar un posible camino para bajarlo y llegaron a una playa que quedaba oculta de la posible visión de la Torre o del camino que iba hacia Daute. Una playa de callados con dos cuevas en una de las paredes del acantilado por donde el agua entraba y salía. Nuhazet conocía esa zona de la Coronela, pero ahora no tenía el muelle, ni ningún tipo de construcción. El mar en esa zona, como mar del norte que es, había días que se ponía muy bravo, pero en ese momento estaba en calma, calma que ejercía de antídoto adecuado para el estrés de la huida y el cúmulo de emociones que acababan de vivir.

Con los pies doloridos, Nuhazet se descalzó para remojarlos en el agua salada. Dácil, que aparte de los sudores de la carrera necesitaba sentirse limpia, se quitó el tamarco, se metió en el agua, hundió todo su cuerpo en aquella parcela del Atlántico, y cuando emergió masajeó de forma suave su cuerpo, quitando la suciedad que había acumulado en los días anteriores, para terminar saliendo del mar como una diosa desnuda, mostrando su cuerpo sin ningún tipo de vergüenza. El corazón de Nuhazet se aceleró, y su cara se puso como un tomate. No estaba acostumbrado a este tipo de visiones. De hecho, solo había tenido una relación sexual con Amanda, el día que se fumaron un porro, y que no sabía muy bien cómo acabaron besándose y tocándose sus sexos. Algo que no volvieron a comentar, ya que cuando él intentó sacar el tema, ella lo esquivó hablando de otro asunto, como si aquel momento no hubiera pasado.

Pues ahora, se podría decir que estaba apreciando la belleza de la desnudez de una mujer por primera vez. Su larga cabellera rubia, casi roja, le caía sobre sus hombros, continuaba hasta medio tapar sus firmes, y no muy grandes, pero bien formados pechos. Su preciosa cintura, su amplia cadera, su pubis, con abundante pelo rubio, casi rojo, coronaba unas fuertes y bonitas piernas. A pesar de que todo su cuerpo podía haber sido encargado a los dioses, había una parte que destacaba sobremanera y eran sus particulares, claros y transparentes ojos azules. Esos ojos que ahora lo miraban, junto con la expresión de su agradable sonrisa, le mostraban un sentimiento de agradecimiento por medio de la comunicación no verbal.

Dácil estuvo un rato sentada, con los ojos cerrados en un callado grande, para secarse al sol, hasta que se levantó, se vistió con su tamarco hecho de piel gamuzada y salió de la playa. Nuhazet pensó que lo más probable es que se iba a buscar a su gente, pero no fue capaz de articular palabra o hacer algún gesto para que no se fuera. Al rato y para su sorpresa, ella volvió.

Llevaba en las manos unas hojas de higuera, a modo de bandeja, con unas cuantas brevas. Ella había visto la higuera cuando bajaron hacia la playa; compartieron la fruta, comieron y se sonrieron.

Nuhazet quería dar un paso más en la comunicación:

—Mi nombre es Nuhazet —dijo, señalando su pecho con el dedo—. Nuhazet —repitió.

—Dácil —dijo ella.

Habían dado el primer paso.

4

El cielo había pasado de azul a rojo y el sol iba camino de sumergirse en el horizonte. La brisa del mar se hacía notar, Dácil cogió la mano a Nuhazet, y lo llevó hasta una cueva que estaba en lo alto de una de las paredes próximas a la playa. Era muy probable que ya hubiera sido usada por otros guanches, cuando iban a buscar lapas o almejas, ya que en su interior había hojas secas a modo de colchón y tres piedras o teniques colocadas a la entrada para hacer fuego. También había restos de leña. Dácil buscó un palo largo y fino y otro más grueso que sirviera de base para frotar uno sobre otro. Le costó un poco, pero empezó a producirse un tímido humo, y lo avivó soplando hasta que prendió la yerba seca.

Nuhazet la observaba e intentaba calcular su edad: un poco más baja que él de estatura, pero era probable que fuera dos o tres años mayor. La luz y las sombras que provocaba la pequeña hoguera hacían que el rostro de ella tomara una apariencia mágica. Y su mirada, su mirada, reflejaba la calidez del fuego y la transparencia del agua del mar cuando está en calma.

—¿Me entiendes si te hablo? —le preguntó Nuhazet.

—Sí.

Dácil había aprendido el castellano con unos monjes que llegaron a la isla con la intención de evangelizar a los aborígenes e imponer su religión, pero lo único que habían conseguido hasta ahora era entender la lengua de los guanches y enseñar el castellano a unos pocos. De lo cual se había aprovechado ella, que además de ser una de las mujeres guanches más bella, era muy inteligente; no tuvo problemas con la nueva lengua.

—¿Cómo te hicieron prisionera?

—Los soldados me capturaron cuando estaba durmiendo.

—¿Estabas lejos de donde vivías?

—Muy lejos.

—¿Te habías alejado por algo?

—Sí, yo huía.

—¿De qué o de quién?

—De mi gente. Es una historia complicada. Ya te lo contaré en otro momento.

Ella, a pesar de que Nuhazet la había liberado, todavía tenía un sentimiento de desconfianza. Él era como los otros, aunque sus ropas eran muy diferentes.

—¿Por qué vistes así? Nunca había visto esas ropas —dijo Dácil.

—Es la ropa que lleva todo el mundo en donde vivo.

—¿Y dónde vives?

—En Icod.

—¿En Ycode? Estamos en ese reino y no hay nadie que vista así.

—Vivo en Icod, pero en una época diferente a la tuya. Tendrán que pasar muchos años para llegar a mi época.

—¿Años?

—Sí, Magec, tu Sol, tendrá que salir y ponerse muchas veces, al igual que la luna.

—Entonces tienes poderes, ¿cómo puedes estar aquí ahora?

—La verdad es que no lo sé.

—¿No lo sabes?

—No, no sé cómo lo he hecho. A mí me gusta la historia, sobre todo la que está relacionada con nuestra tierra y nuestros orígenes. Una mañana decidí ir a visitar la Torre, porque unos estudiosos opinaban que pertenecía a los otros cuando querían conquistar la isla. Allí me encontré contigo y con tu época.

La conversación se interrumpió porque oyeron ruidos generados por el andar de un rebaño de cabras, sus balidos y los gritos de sus pastores. Era el solsticio de verano y los pastores traían a las cabras a darles un baño en el mar. Por suerte, la hoguera que habían hecho se había apagado hacía horas y ya no emitía ningún humo que pudiera delatarlos.

Dácil le hizo señas para que se escondiera en el fondo de la cueva y no hablara.

—¿Pero si son guanches como tú?

—¡Calla, ya te lo contaré!

Los guanches que estaban en la playa de las dos cuevas comenzaron a recoger ramas secas y maderas de troncos arrastrados por el mar y todo lo que pudiera arder y lo amontonaron todo para que cuando cayera la tarde, hacer una hoguera y celebrar la fiesta del sol.

Después de la fogalera, meterían las cabras en el agua para bañarlas y prepararlas para soltarles los machos. Así creían que el ganado aumentaría y estaría sano. El fuego de las hogueras debía servir para ahuyentar a los malos presagios y favorecer las buenas cosechas.

Dácil cayó en la cuenta de que, al final de los rituales, los pastores podían utilizar la cueva donde ellos estaban para descansar. Se lo comentó a Nuhazet y, en un momento que los pastores estaban cara al mar, salieron sin hacer ruido y abandonaron el lugar.

Había casi luna llena y podían ver al caminar, pero no ser vistos por sus posibles perseguidores. Se encaminaron hacia el menceyato de Daute. Allí Dácil conocía al Mencey Romén y confiaba en que la ayudaría, a pesar de que las relaciones de este con su padre Bencomo no eran muy buenas.

Cuando tenían el roque a la vista, Nuhazet se paró:

—No sé por qué te estoy siguiendo, ni por qué huyes, ni a dónde te diriges. ¿Me puedes contar qué es lo que te ha pasado y por qué te escondes de tu gente?

Dácil se detuvo, se sentó en una roca y le hizo sitio para que él se sentara a su lado.

—Yo soy la hija de Bencomo, Mencey de Taoro. Estaba comprometida con Durimán, aunque a mí no me gustaba y casi no había hablado nunca con él. Yo me sentía atraída por un prisionero, el capitán Fernán García del Castillo. Me habían encomendado que lo cuidara, ya que estaba herido. Eso hice, pero nos enamoramos, nos vimos a solas y nos amamos. Corrió el rumor de nuestro enamoramiento y eso estaba prohibido por la ley guanche. Durimán, al sentirse rechazado, tuvo la excusa de pedir a mi padre que reuniera el Consejo y a Bencomo no le quedó más remedio que mandarme a emparedar.

—¿Y cómo escapaste?

—La noche antes de cumplirse la sentencia, mi hermano Bentor me ayudó a escapar y, huyendo de mi propia gente, me capturaron los soldados de Alonso de Lugo que habían salido de la Torre para vigilar los movimientos de los guerreros de los menceyatos de Ycode y de Daute.

»Luego, por suerte, me encontraste tú y me salvaste de todas las barbaridades que hubieran hecho conmigo antes de venderme como esclava o acabar con mi vida. Siempre te estaré agradecida. Ahora voy a intentar que el Mencey de Daute me ayude e interceda por mí en el próximo Tagoror, pero no sé si lo lograré.

—¡Qué fuerte! ¡Estoy con la princesa Dácil! ¿Sabes que antes de conocerte ya había leído algo sobre ti?

—¿Qué quieres decir?

—En la época de la que vengo, se ha investigado sobre nuestros antepasados. Tú y tu pueblo pertenecen a esos antepasados. Y aunque no se tiene certeza de muchas cuestiones, hay todo un conocimiento sobre las costumbres, modos de vida, las luchas contra los conquistadores y la vida de algunos personajes. Algunos opinan que Dácil solo fue el fruto de la creatividad literaria, pero verdad o no, sueles aparecer en los libros como una princesa guanche.

—¿Y qué dicen de mí?

—Para empezar, que eras una de las mujeres guanches más hermosas, pero que también eras fuerte y guerrera. Tenías varias hermanas y hermanos: Bentor, Ruyman. De tus hermanas no recuerdo los nombres.

—Ramagua, Collarampa y Chachiñama —dijo ella.

—Existen varias historias sobre lo que te pasó por enamorarte de un castellano. En unas te escapas como lo que me has contado, y en otras te perdonan y te acabas casando con Fernán García.

—Ojalá esa sea la verdadera.

—Igual hay otra versión nueva, y con el tiempo se dirá que acabas enamorándote de un guapo chico de otra época, que te salvó la vida —se atrevió a decir Nuhazet entre risas, pero con ganas de que fuera verdad.

—¿Quién sabe? Igual puede ocurrir —dijo Dácil, dedicándole una mirada a Nuhazet que le produjo una cálida corriente que le entró por los ojos y le llegó al corazón.

La temperatura corporal le subió aún más cuando Dácil, agradecida por lo que había hecho por ella, le dio un suave beso en su mejilla. Entre el beso y que no sabía ni cómo se había atrevido a decirle lo de la versión nueva, sus vasos sanguíneos acompañaron la respuesta emocional, dejando su cara como un tomate maduro. Enseguida cambió de tema para que no se le notara que estaba colado por la princesa.

—En la actualidad, en un pueblo de la isla que se llama La Orotava, que está en una parte de lo que era el menceyato de Taoro, existe una estatua que te recuerda, pero la verdad es que eres mucho más atractiva que la figura que te representa en ese lugar.

5

A lo lejos, se divisaban varias hogueras que los guanches habían prendido para celebrar el solsticio de verano, costumbre que Nuhazet conocía muy bien porque en su pueblo se seguía haciendo. Se encendían los hachos o hachitos, construyéndose corazones y cruces en el paisaje. Se bajaban caminando en fila desde el barrio de La Centinela hasta la playa de San Marcos, o se bailaba el tajaraste en torno a una hoguera, en la bajada de El Lomo de La Vega, dentro de la romería de los hachitos en el barrio de El Amparo.

El caso es que se respiraba algo mágico en el encuentro de Dácil y Nuhazet, esa noche, con la luz de las fogaleras en la distancia. Todo se sentía misterioso o preñado de fantasía, al menos para él. Cada minuto que pasaba, más atraído estaba por aquella mujer aborigen, aunque sabía que si se enamoraba, su amor no iba a ser correspondido, ya que ella le había dado su corazón a un godo conquistador.

Nuhazet había bajado muchas veces a Garachico, pero ahora casi no reconocía su orografía. Estaba el Roque, pero la costa era distinta, como si le hubieran quitado gran parte del terreno que él conocía. Enseguida cayó en la cuenta de que aún no se había producido la erupción del volcán de Arenas Negras que hizo crecer la isla, aparte de sepultar al Garachico de entonces.

Caminaron por una playa de arena negra, que ya hoy no existe, y se dirigieron a lo que hoy es la Caleta de Interián. Allí se encontraron con varias mujeres que trabajaban en unos charcos.

Ellas iban separando con cuidado los granos de sal y los ponían en unos montoncitos para que se secaran con el sol; luego, al cabo de varios días, volvían a recoger la sal. Al principio no se dieron cuenta de la llegada de Dácil y de Nuhazet, pero, al acercarse, se sobresaltaron. Una de ellas cogió un callado y amenazó con tirárselo a Nuhazet. Su apariencia de extranjero con unas ropas que nunca había visto le hizo pensar que era peligroso.

Dácil les habló en su lengua, les explicó que él era amigo, que la había rescatado de los soldados castellanos y que ella era la hija del Mencey de Taoro.

Poco a poco fueron confiando en Dácil y sintiendo curiosidad por el guapo y extraño extranjero.

—Vengo a hablar con el Mencey Romén. ¿Me podrían llevar hasta él?

Las mujeres acabaron de recoger la sal. Una de ellas no se pudo resistir y tocó la tela de las bermudas y la camisa que llevaba Nuhazet. Él primero dio un rechazo, pero luego la dejó tocar, comprendiendo que el tejido de su ropa era nuevo para ellas. La mujer mayor de todas les dio un grito, ordenándole que se estuviera quieta.

Caminaron un buen trecho hacia la parte alta del menceyato, hasta llegar a la vivienda cueva de Romén. Antes de llegar, les salieron al paso varios guerreros que intentaron atacar a Nuhazet. Pero la mujer que había cogido el callado y que mandaba sobre las otras les ordenó que solo los acompañaran y que no atacaran al extranjero. Le hicieron caso, ya que ella era la esposa de Romén.

Cuando llegaron a la cueva palacio del Mencey, este miró a Dácil a modo de saludo y cambió su expresión al ver a su acompañante.

—¿Qué haces aquí y quién te acompaña?

—A verte he venido, porque siempre te he tenido por un Mencey justo, que escucha a su gente, además de ser un poderoso gobernante. Me acompaña un extranjero que me salvó la vida.

Dácil le relató su historia: por qué la condenaron a emparedarla, su captura por los soldados castellanos y su liberación por Nuhazet.

—¿Y qué es lo que quieres que haga?

—Que me dejes permanecer en tu reino hasta que sea el próximo Tagoror y entonces nos lleves contigo.

—Pero las mujeres no acuden a esas reuniones.

—Ya lo sé, pero yo soy una princesa y una guerrera, y quiero que me dejen hablar, tener la oportunidad de defenderme antes de que ejecuten mi condena.

—¿Y el extranjero?

—Realmente no es extranjero. Nació en el menceyato de Ycode, pero en una época que aún no ha llegado, y quizá nos pueda contar muchas cosas sobre nosotros y sobre los castellanos, que nos ayuden a derrotarlos.

Hablaban en la lengua guanche o tamazigt por lo que Dácil se lo tuvo que traducir. Nuhazet se sorprendió cuando le contó su propuesta; se dio cuenta de lo lista que era, y aunque hubiera preferido que se lo consultara primero, no le importó. No obstante, le inquietó la enorme responsabilidad que podía asumir al comunicarle datos a los guanches que pudieran alterar el curso de la historia.

Nuhazet se cambió de ropa después de asearse y se vistió como uno más de los de Daute, con un tamarco de piel gamuzado de cintura para abajo, ya que estaban en verano y los hombres en esa época así lo hacían. Eso sí, seguía poniéndose sus zapatillas deportivas.

Durante varios días estuvo sometido a un montón de preguntas, que Dácil le traducía. Se las hacían tanto el Mencey, como el Guañameñe o Chamán guanche y algunos de los miembros más relevantes del grupo. Cuando quedaba libre del asedio de preguntas, intentaba seguir con Dácil. Le encantaba estar con ella; cada vez necesitaba más su compañía. Jugaban entre ellos y con otros miembros de la comunidad al Carro de Tres, que era como el tres en raya. Se usaba el suelo o una loza de piedra con líneas marcadas sobre la que se colocaban pequeñas piedras o callados. También le enseñaron a jugar al Carro de 12, que tenía 25 intersecciones. Pronto *el de otro tiempo*, o *el de los xercos raros* (zapatos), que así lo empezaron a llamar, se convirtió en un jugador al que era difícil ganar.

6

Llegó el día de la reunión de los diferentes menceyes en el Tagoror situado en lo alto de la isla, muy cerca de Echeyde, el Teide para Nuhazet. Romén y su grupo, en donde estaban también Dácil y «El de otro tiempo», salieron de Daute, pasaron por Ycode, intentando eludir la posible vigilancia de los soldados de la Torre, para más tarde comenzar a subir por la orilla de un profundo barranco.

Nuhazet estaba disfrutando de un fascinante paisaje: sin carreteras ni construcciones de ningún tipo, pasando por zonas de laurisilva; nacientes de agua; extensos pinares; un verdadero paraíso. Una explosión de estímulos para los sentidos, no solo por la virgen visión del paisaje, sino también por el sonido de los pájaros, el correr del agua y los olores que producían los distintos tipos de vegetación.

Caminaban por el borde de lo que Nuhazet conocía como el Barranco Ruiz. En el fondo y en los laterales se levantaban esbeltos madroños canarios de más de 12 metros de altura, cuando distraído con el frondoso panorama, uno de sus tenis resbaló en una tierra suelta y se precipitó hacia el fondo, a pesar del intento de Dácil de agarrarlo y evitar que se despeñase.

Comenzó a caer, y a caer. Descendía cada vez a más profundidad y a menos velocidad, al tiempo que el barranco se volvía más y más oscuro. Cuando sentía que el descenso iba a ser eterno, tropezó sin brusquedad con un suelo de tierra. Abrió los ojos y, a pesar de la penumbra, reconoció el lugar. Estaba en la Torre de Ycoden, o mejor sería decir de Icod, ya que el ruido de unas motos, tomando el túnel de la variante del Drago, le confirmaba no solo su situación, sino también la época. Se levantó y se dirigió por la carretera hasta el sendero que llevaba a la plaza de Angustias. Temió volver a encontrarse con el caimán, pero esa vez no apareció.

Cogió la calle de El Pez, para cortar camino hacia la Magalona. Al final de la calle, estaba el tanatorio. Empezó a ver un grupo numeroso de personas que asistían a un duelo. Estaba la casi totalidad de sus compañeros de segundo de bachillerato. Y algunos profesores entre los que pudo reconocer a su padre. Se acercó a él y le preguntó:

—¿Qué pasa, papá? ¿Quién ha muerto?

Su padre no le contestó. Nuhazet insistió, pero su padre ni lo veía ni lo escuchaba. Ninguno de los presentes mostraba alguna prueba que le impulsara a pensar que notaban su presencia, sino más bien lo contrario. En una esquina de la calle, un poco apartada del resto, estaba Amanda llorando. Ella tenía un brazo en cabestrillo como consecuencia de una fractura y un pequeño vendaje cerca de una de sus orejas. Tampoco lo reconoció.

Entró en la sala del tanatorio y vio a los padres de Tony con los ojos rojos de tanto llorar, y detrás del cristal, en un ataúd, estaba su compañero sin vida. Dos profesores sentados en la sala comentaban:

—¡Qué mala suerte! Mal ha acabado este año la noche de graduación de los alumnos de segundo de bachillerato.

—Es verdad. Fatal accidente por culpa del alcohol: Tony fallecido al mes, Amanda accidentada y creo que con un sentimiento de culpa bastante grande y Nuhazet que aún permanece en coma.

★★★

Nuhazet empezó a comprender la situación y poco a poco le llegaban los recuerdos: iba en el Ibiza de Tony, sentado en el asiento del copiloto. Amanda viajaba medio sentada, medio acostada, en el asiento trasero, con el cinturón puesto. Tony esa noche se sentía un experto piloto, iba peligrosamente rápido, por encima de sus habilidades como conductor y en uno de los túneles de la carretera, pasado San Pedro, entró muy abierto en una curva. El coche se le fue de delante, no supo corregir la trayectoria, invadió el otro carril y colisionó con un camión que venía en sentido contrario. El sonido de la frenada del camión, el tremendo ruido que se produjo en el impacto, con la rotura de cristales, el estallido de las piezas metálicas rayando el asfalto y el sabor a sangre era lo último que recordaba del accidente.

★★★

De pronto, en el tanatorio, se formó un medio revuelo alrededor de Germán, el padre de Nuhazet. Rosi, su mujer, lo acababa de llamar y le comunicó que su hijo se había despertado.

Javier, un amigo de Nuhazet, al saberlo, fue corriendo a decírselo a Amanda para tranquilizarla. Ella le había contado que si no se hubiese emborrachado, tanto ella como Nuhazet hubieran vuelto del Puerto en la guagua y no habrían sufrido el accidente, por su culpa.

★★★

En la habitación de la UCI aumentó la actividad del personal sanitario, entrando y saliendo enfermeras. Nuhazet se había despertado de golpe, con un fuerte dolor de cabeza, unos desagradables zumbidos en sus oídos y una visión borrosa que le ocasionaba dificultades para enfocar. En el primer momento, le pareció que a su lado estaba una enfermera con el pelo rubio, casi rojo, y de ojos azules. Tenía la sensación de que esa enfermera le había estado acompañando en todo el tiempo que llevaba hospitalizado. Cuando despertó, ella salió de la habitación y no la volvió a ver.

El médico de turno controlaba el estado de sus constantes vitales en el monitor de cabecera. Ordenó que le retiraran el dispositivo que le proporcionaba oxígeno.

—¿Dónde estoy? ¿Qué me ha pasado? ¿Por qué estoy aquí? ¿Dónde está Dácil?

—¡Tranquilo! Estás en un hospital y te cuidamos bien —le dijo una de las enfermeras.

Nuhazet comenzó a agitarse y a intentar gritar:

—¡Tengo que ayudarlos! ¡Debo llegar al Tagoror! ¡Que venga Dácil!

El médico ordenó que le administraran un sedante que le ayudara a calmar la ansiedad que presentaba por no entender lo que le estaba sucediendo.

Por fuera de la UCI estaba Rosi llorando de alegría, porque su hijo se había despertado del coma, y al mismo tiempo preocupada por sus reacciones y por las posibles secuelas que pudiera tener tanto en su estado físico como en el mental.

El médico salió a tranquilizarla y le explicó:

—Ha habido mucha suerte. Es muy bueno que haya salido del coma, ahora tendremos que hacerle pruebas para ver si ha remitido la hemorragia cerebral. Las fracturas irán soldando y *a posteriori* vendrá el tiempo de la rehabilitación.

—Entonces, ¿se pondrá bien? —preguntó Rosi.

—Yo espero que sí, pero hay que tener paciencia. Por cierto, ¿sabe quién es Dácil?

—No lo sé, ¿por qué?

—Estaba llamando a una Dácil. De todas formas, ahora, lo más probable, es que durante un tiempo, que puede ser más o menos largo, le cueste distinguir entre la realidad y los sueños o alucinaciones que pudo haber experimentado mientras estuvo en ese estado de deterioro de la conciencia. También es normal que al principio esté desorientado y experimente falta de conciencia espacial y temporal.

El padre de Nuhazet dejó el funeral de Tony y se fue al hospital. Encontró a Rosi en la sala de espera y los dos se fundieron en un abrazo acompañado de las lágrimas de ambos.

—Lo peor ya ha pasado —dijo Germán.

—Sí, pero ahora debemos tener paciencia con él y ayudarlo.

SEGUNDA PARTE

7

Llegó el momento de dejar el hospital. Habían transcurrido dos meses y, en ese tiempo, Nuhazet tuvo la visita diaria de alguno de sus padres o de los dos a la vez. Cuando lo subieron a planta, también Amanda fue varias veces a verlo junto a otros compañeros de curso.

Poco a poco fue recuperando la respuesta a estímulos externos. Era capaz de mantener una conversación, aunque no le apetecía mucho hablar, y su carácter había cambiado: estaba triste y con poca vitalidad. Lo peor que llevaba eran los recuerdos que tenía, que no eran nada claros; se le mezclaban historias del presente con otras de épocas pasadas. Cuando dormía padecía pesadillas: volvía a encontrarse con un caimán, a veces luchaba con el lagarto gigante y, cuando estaba a punto de sucumbir, se despertaba sudando.

Otras veces entraba en la Torre; un soldado castellano le clavaba un puñal y empezaba a emanar sangre de su cuerpo, más y más sangre, que se mezclaba con la del Drago, convirtiendo el río de Ycoden en una poderosa arteria encarnada que desembocaba en el mar, dejando la costa teñida de rojo.

Alguna noche —las menos— dormía tranquilo, porque en sus sueños aparecía el rostro de una mujer con el pelo rubio, casi rojo, y unos ojos azules que le sonreían, le cogían la mano y le transmitían tranquilidad.

Por el día, Amanda lo visitaba casi a diario, aunque a él no le apetecía demasiado. Ella al final consiguió presentarse a la

EBAU y la aprobó, pero, como no le daba la nota para la carrera de Medicina, se iba a meter en un ciclo superior de Formación Profesional de Imagen para el Diagnóstico y Medicina Nuclear. También le gustaba la Filosofía, pero le habían dicho que eso no daba dinero, y el ciclo superior duraba menos, lo que era muy importante para su economía familiar.

Nuhazet no había podido presentarse a la EBAU y, dado que aún le faltaban unos meses de recuperación y rehabilitación, sus progenitores le señalaron que el curso que comenzaba en septiembre se enfocara en su recuperación, tanto física como mental.

Su estado mental, a juicio de su madre, no estaba bien, o por lo menos había cambiado. Rosi era una persona agradable, con mucha empatía. Se mantenía bien para sus 52 años, no es que fuera una belleza, pero tampoco era fea. Trabajaba como psicóloga clínica y estaba acostumbrada a observar a sus pacientes que, junto con las entrevistas y una serie de pruebas, intentaba llegar a un diagnóstico lo más preciso posible, para luego poner en práctica la terapia más adecuada. Pero no estaba segura de poder ayudar a su hijo, ni si sería lo más conveniente.

—¿Cómo estás hoy?

—Igual que ayer: harto de estar encerrado —contestó Nuhazet.

—Pero si tú no quieres salir —le dijo su madre.

—Ya, pero estoy harto.

—Podríamos coger la silla de ruedas y dar un paseo por la plaza.

—Yo no quiero sentirme como un inválido.

—Coger un poco de aire te puede venir bien.

—No insistas, mamá, déjame dormir.

Era lo único que quería, porque, a pesar de sus pesadillas, cada vez soñaba más a menudo con la chica de pelo rubio, casi rojo, y ojos azules.

Al comienzo de su convalecencia, el médico le había recetado unos fármacos hipnóticos para ver si mejoraban su trastorno del sueño. El objetivo de Nuhazet no estaba en recuperarse de las fracturas ni de la conmoción cerebral que sufrió: lo que quería era volver a estar con aquella chica. Para lograrlo, tomaba más pastillas de las prescritas por el médico para caer en un letargo también por el día. Cuando le pidió a su padre que fuera a comprarle otra caja porque se le había acabado, tanto Germán como Rosi se dieron cuenta de que estaba abusando de los hipnóticos.

Hablaron con el médico y decidieron ir cortando el tratamiento de forma gradual. Las pastillas no quedarían al alcance de Nuhazet.

—Necesito más pastillas, ¿por qué no me las dejan tomar?

—Es por tu bien, te están haciendo daño —le respondió su padre.

8

Una tarde que Amanda había ido a visitar a Nuhazet:

—Hola, ¿cómo estás?

—¿Cómo quieres que esté? Jodido.

—Deberías estar contento: sigues vivo, la fractura de tu pierna va mejorando.

—Pero mi cabeza no.

—Los médicos le han comunicado a tus padres que la pequeña fractura de tu cráneo se está estabilizando bien y ya no tienes hemorragia en tu cerebro.

—Pero mi cabeza sigue mal, tengo pesadillas y alucinaciones, y solo quiero una cosa.

—¿Qué es lo que quieres?

—Volver a estar en coma.

—¿Estás loco? Está claro que tu cabeza no va bien.

—¡Quiero volver a verla!

—¿A quién?

—Tengo recuerdos, un poco imprecisos, son fragmentos que a veces están desordenados, como las piezas de un puzle mal colocadas. Cuando me encontraba en coma, creo haber estado con una mujer y quiero volver a verla.

Amanda tragó saliva mientras sentía un golpe emocional. Ella, desde la noche de la discoteca, su borrachera y el accidente, se había dado cuenta de que estaba enamorada de su mejor amigo. Por supuesto, no se había atrevido a insinuarle nada y ahora, menos.

—Eso solo eran alucinaciones, no fue real —le dijo Amanda.

—Eso ahora es la realidad que quiero, y tengo que volver.

—Pero ¿cómo vas a volver?, ¿cómo se puede ir en busca de un sueño?, por no decir alucinación, o ilusión irreal de un estado debilitado de tu conciencia.

—Pues yo quiero debilitar más mi conciencia si con ello puedo volver con Dácil.

Era la primera vez que Amanda escuchaba de boca de su amigo un nombre de mujer que no olvidaría en la vida. En ese momento a ella también le hubiera gustado entrar en coma para encontrarse con Dácil y poderla borrar del cerebro de Nuhazet y de cualquier libro de historia.

—Todo empezó en la Torre… —Nuhazet intentaba colocar bien los fragmentos de su memoria para contarle su fantástica historia.

Amanda escuchaba con atención y su fuerte empatía con Nuhazet, le hizo comprender que él estaba sufriendo, por no poder volver a la época de la conquista de Tenerife y poder estar con aquella princesa guanche. Entonces pensó que escuchándolo podía ayudarlo y al mismo tiempo evitar que cometiera alguna locura irreparable. Lo más probable es que, poco a poco, se convenciera de que no podría regresar a su onírica fantasía. Nuhazet iría recuperando la cordura y se acordaría de Dácil como lo que fue, un bonito sueño, pero solo eso.

Pasaron los días, él le contó con todo lujo de detalles los momentos que pasó con los guanches. Fue recuperándose y teniendo mejor humor. Hablar con Amanda y compartir con ella su historia le hacía sentir mejor.

Una tarde llegó el momento que Amanda temía:

—Sabes que eres mi mejor amiga y que siempre te he querido como si fueras mi hermana. ¿Me ayudarías a conseguir entrar en coma?

—¿Qué dices?, tú no estás bien. Lo que tienes que hacer es dejarte ayudar por un psicólogo, tal como te aconsejan tus padres.

—Si no me ayudas, puede que lo intente yo solo y me acabe suicidando.

—¡Por favor, no digas más disparates! Me voy, no tengo ganas de seguir esta alocada conversación.

Amanda salió de la casa de Nuhazet con lágrimas en los ojos, pero cuando llegó a su casa, encendió su portátil y escribió en un buscador: «Causas o cosas que pueden producir un coma». Tomó nota sobre todo lo que podría motivarlo, así como las posibles consecuencias.

«Pero qué estoy haciendo, no puedo colaborar en esto, por mucho que quiera ayudar a Nuhazet, podría matarlo».

Pero siguió buscando información.

Averiguó que mientras un coma inducido provoca un estado de inconsciencia profunda, la sedación, solo pone al individuo en un estado semiconsciente que tendría unos efectos secundarios mucho menores. Igual de esta forma, Nuhazet podría entrar en un sueño que lo hiciera volver a ver a Dácil y quizá así pudiera disminuir su obsesión.

El problema era conseguir un hipnótico potente y para ello necesitaba receta médica y puede que hasta tener que dejar su DNI en la farmacia. Una prima suya había terminado la carrera de medicina el año pasado, aunque era muy tiquismiquis y lo más probable es que se negara a recetárselo, por mucho que se inventara una historia sobre que estuviera teniendo problemas de sueño.

Volvió a llevar a cabo una búsqueda en internet, esta vez sobre los fármacos hipnóticos. Apuntó los nombres, cómo usarlos y una lista enorme de efectos secundarios.

«Como todos los fármacos», se dijo.

Amanda tenía unos tíos ya mayores, que, de vez en cuando, iba a visitar los. Ella sabía que a su tía le habían prescrito pastillas para dormir. Una vez le había dicho que su médico le había tenido que cambiar las que tomaba antes por unas más fuertes, porque ya no le hacían efecto.

Decidió hacerles una visita para ver si tenía suerte. Luego de estar un rato con sus tíos, tomarse un café al que la habían invitado, les dijo que si podía pasar al baño. No le fue difícil encontrar el fármaco que buscaba, que además era uno de los que había obtenido información. La caja estaba recién estrenada y decidió quitarle un blíster de comprimidos. Seguro que su tía, con lo despistada que era, no se daría cuenta de la falta. Sentía un poco de remordimiento por haberle hecho un pequeño robo, pero enseguida se convenció de que su tía no tendría problemas para renovar la receta.

9

Amanda fue a visitar a Nuhazet, contenta de poderle ayudar con el regalazo de pastillas que le llevaba.

Cuando Rosi salió de la habitación y se quedaron solos:

—¿A qué no sabes lo que te traigo?

—No tengo ni la más remota idea, pero tu cara me dice que es algo bueno.

—Según se mire, es bueno o es malo.

—A ver, no seas pesada, ¿qué me traes?

—Pues este es el regalito —dijo Amanda enseñando el blíster de pastillas.

—¿Para qué son, para la garganta? —Sonrió en plan de coña.

—No idiota, para que vayas a buscar a tu Dácil.

—Estas pastillas para dormir son bastante fuertes, así que deberías tener cuidado y no abusar.

—¡Muchas gracias!, eres una buena amiga.

—Creo que deberías probar con una y cada noche ir aumentando la dosis, pero sin pasarte. Puede ser peligroso.

—No te preocupes, lo haré con cuidado.

—Sí, me preocupo. Creo que la que no va a pegar ojo soy yo.

Nuhazet hizo por coger las pastillas y Amanda se lo impidió.

—Antes de dártelas, tenemos que llegar a un acuerdo: cuando despiertes, me pondrás un WhatsApp para saber que estás bien. Si a las doce del mediodía no he recibido noticias tuyas, llamaré a tu madre y le contaré esta locura de historia.

—Trato hecho —dijo Nuhazet acercándose a Amanda para darle un beso en la mejilla.

—Ya podía haber sido en la boca —dijo Amanda, asombrada de haberlo dicho.

—Por eso que no sea —Y le dio el beso en la boca. Un beso corto, pero que a Amanda le produjo un torrente de sensaciones, que enseguida intentó enmascarar:

—¡No te pases!, que lo había dicho en broma. ¡Bueno, hasta mañana! —Salió rápido de la habitación para que no se diera cuenta de la turbación que experimentaba.

Llegó la noche y Nuhazet les dio las buenas noches a sus padres, incluido un beso a cada uno, cosa que no era habitual.

—¿Te pasa algo? —dijo su madre.

—¿Qué pasa, ya no puedo dar un beso a mis padres?

—Claro que puedes, ven que te doy otro.

—No te arregostes, mamá —dijo riendo y se fue cojeando con su muleta para su habitación.

—Qué raro lo de los besos —comentó Rosi a su marido.

—Igual está volviendo a ser el de antes del accidente.

—¡Ojalá!

★★★

Al llegar a su habitación, cogió un folio en blanco, su bolígrafo preferido y escribió esta nota:

Para mis padres,
Si me pasa algo malo y no me despierto más, quiero dejar
claro que la decisión ha sido solo mía y ninguna otra persona está

implicada en esta aventura, no quiero que nadie se sienta culpable, ni que se culpe a nadie.

Cuando estuve en coma como consecuencia del accidente, viví, a pesar de estar medio muerto, uno de los momentos más intensos de mi existencia y quiero intentar volver a ese tiempo. No, no acabo de explicarme cómo pudo ser ese viaje, contrario a todas las leyes de la física, aunque para mí fue real y nunca estaría bien conmigo mismo si no lo vuelvo a intentar.

Sé que es egoísta esta decisión y puedo provocar sufrimiento. Sin embargo, deben tener en cuenta lo dicho anteriormente. Les pido perdón y les doy las gracias por haber sido ambos unos excelentes padres.

Los quiero mucho,
Nuhazet

Una vez terminada la nota, dobló el folio a la mitad, volvió a escribir a quién iba dirigida y la colocó debajo de su almohada. Lo tenía claro, no iba a estar probando con una pastilla y al día siguiente dos, etc. Se tomaría tres o cuatro de golpe para ver qué pasaba. Así que se tomó cuatro y se las tragó con el contenido de una botellita de *whisky* que había cogido del minibar de su casa. Se acostó en la cama, esperando caer en un estado semiinconsciente y retomar su viaje en el tiempo.

10

Amanda, tan pronto llegó a su casa, ya estaba arrepentida de lo que había hecho. Esa noche no durmió casi nada, se debatía entre llamar a los padres de Nuhazet y contarles lo que pasaba, o no llamarlos. Por momentos confiaba en que él no iba a hacer una locura y, al instante siguiente, pensaba lo contrario. No se perdonaba el haber llegado a ese nivel de complicidad en un plan tan descabellado.

Mientras, Nuhazet comenzó a adormecerse, y acabó en un sueño profundo, las pastillas mezcladas con el alcohol lo llevaron a una somnolencia extrema. Empezó a tener dificultades para respirar. Su cerebro aún estaba resentido de la hemorragia cerebral que había tenido. El caso fue que, por una cosa o por otra o por todas ellas, perdió la conciencia y entró en coma.

Había logrado su objetivo, pero estaba a punto de perder la vida. Caía por un pozo, sin paredes, sin fondo, lleno de sombras, pero vacío, no se podía agarrar a nada, bajaba y bajaba como si se dirigiera al inframundo. Cada vez le costaba más respirar y no conseguía parar ni ver ninguna luz al final de su caída. Intentaba gritar, aunque la voz no le salía, la oscuridad era tan extrema que dolía. Cuando estaba a punto de expulsar su último aliento, comenzó a aminorarse la velocidad de su descenso, la oscuridad dejó de doler y comenzó a llegar aire a sus pulmones. Estaba en una ambulancia medicalizada y en ese momento le proporcionaban oxígeno, por medio de una intubación y ventilación mecánica.

Amanda, al final, había decidido llamar a Rosi y la convenció para que fuera a la habitación de su hijo, alegando que lo había encontrado muy raro esa tarde.

Cuando Rosi intentó despertarlo y ver que no podía, llamó al 112 y eso le salvó la vida. A Nuhazet, después de pasar por uno de los boxes de urgencia, lo volvieron a ingresar en la UCI. Los médicos no daban muchas esperanzas por haber tenido dos estados comatosos tan seguidos, no sabían cómo reaccionaría su cerebro ni el resto de sus órganos vitales.

★★★

Nuhazet, cuando terminó de descender, llegó a un sitio que le era familiar, estaba en la Torre. Pronto su atención se concentró en la otra habitación donde había visto a Dácil por primera vez. Allí estaba amarrada a unas argollas de la pared. La historia se repetía, cogió el hacha y cortó las cuerdas que la mantenían atada. Esta vez no soltó el hacha en el suelo, sino que se dio la vuelta esperando al soldado que vendría con un cuchillo. Al verlo, le lanzó el hacha, clavándosela en el pecho a la altura del corazón. Ella no estaba segura de que Nuhazet no le quisiera hacer daño. Este tardó un poco en convencerla. Al final salieron de la Torre, pero fueron vistos por la patrulla de soldados castellanos que llegaban al baluarte. Nuhazet le dijo a Dácil que corriera y huyera ladera abajo. Él intentó distraerlos, tirándoles piedras y corriendo en dirección opuesta. El grupo de soldados se dividió, unos fueron tras Dácil y otros persiguieron a Nuhazet. Dácil llevaba ventaja y consiguió despistar a sus perseguidores, pero Nuhazet no tuvo la misma suerte y acabó recibiendo unos cuantos golpes y capturado por los castellanos.

Lo llevaron a la Torre y cuando vieron al soldado muerto con el hacha clavada en el pecho, dos de los soldados se abalanzaron sobre Nuhazet con muy malas intenciones, pero el capitán les ordenó que pararan y que lo encadenaran a la pared.

—Tenemos que llevarlo a Añazo y que don Alonso decida lo que hay que hacer con él —dijo el capitán.

Una vez encadenado, intentó justificarse:

—Tuve que matar al soldado para defenderme.

Como respuesta a su alegato, recibió dos fuertes puñetazos en su vientre, que le propinó uno de los soldados.

—¡Basta ya! —gritó el capitán —. ¡Y tú, a callar! Ya tendrás tiempo de hablar ante don Alonso Fernández de Lugo antes de que te mande a ahorcar.

Cuando el capitán salió de la habitación, Nuhazet recibió otro par de golpes en su vientre. Luego, uno de los soldados le quitó las zapatillas deportivas e intentó ponérselas, pero su pie calzaba dos o tres números más que el prisionero. Se los colocó como pudo, con medio pie dentro y medio pie fuera, y se puso a intentar caminar, provocando las risas de sus compañeros. Al final, se los acabó quitando y tirando fuera de la Torre. En los días siguientes, Nuhazet los iba a echar mucho de menos.

Al cabo de un par de horas:

—Necesito mear.

—Pues méate encima y, si tienes ganas de cagar, te cagas también encima.

Uno de los soldados prefirió sacarlo fuera, a él no le gustaba estar oliendo a mierda y meados todo el rato. Mientras Nuhazet estaba en cuclillas haciendo sus necesidades, intentó hablar con el soldado para ver si podía tener entre sus captores a alguien que le hiciera más llevadera la vida de prisionero.

—Yo no soy de esta época, vivo aquí al lado, pero en un año que para ti no ha llegado todavía.

—¡Cállate y caga!

—Te sorprenderían todos los adelantos que hay en mi época y que tú no verás nunca. La gente viaja no solo en barco, sino que también va por el aire.

—Mejor es que cuides tus palabras y a quién se las dices, por menos que eso los de la Inquisición han mandado a gente a la hoguera por brujo —le dijo Rodrigo, que así se llamaba.

—¿Seguro que no quieres saber cómo será el futuro?

—Bastante tengo con saber algo de esta mierda de presente.

La realidad es que si le interesaba, Rodrigo había aprendido a leer y no le gustaba ser soldado, pero le habían obligado a serlo. Le contó a Nuhazet que lo condenaron a embarcarse con el ejército que intentaría la conquista de Canarias y la condena había sido por culpa de robar un libro de la biblioteca del Monasterio de Santo Domingo de Silos en Burgos. Sus ansias de saber le habían salido muy caras y ahora no quería meterse en más líos.

11

Rosi y Germán llegaron al hospital un poco después que la ambulancia que llevó a Nuhazet. Estaban en la sala de espera de urgencias. No les dejaban entrar con su hijo. A su lado había otras personas atentas a una pantalla, que cumplía con la misión de tenerlos espabilados, ya que cuando agachaban la cabeza, sonaba un nuevo pitido y tenían que volver a examinar la franja, para ver si parpadeaba con su código. Las cabezas de los que allí estaban realizaban un movimiento parecido al espectador de un partido de tenis, pero, en lugar de girar de izquierda a derecha o al revés, el movimiento era de abajo a arriba. Los padres de Germán también estaban pendientes para ver si salía alguna comunicación que tuviera que ver con su hijo. Al cabo de un par de horas, el código de Nuhazet, NR112 (N por Nuhazet y R por Rodríguez), parpadeó en la pantalla con el consiguiente pitido y la información: «Recibiendo tratamiento».

Rosi y Germán se levantaron y en la ventanilla que gestiona los ingresos a urgencias pidieron hablar con un médico, lo que estaba un poco difícil por el volumen de trabajo que había en ese momento y lo prioritario era atender a los pacientes. No obstante, la administrativa dejó constancia de que estaban demandando información y les comunicó que tan pronto como hubiera un hueco, un médico les informaría. Al final, el médico de guardia, responsable de la UCI, bajó para informarles.

—Su hijo está en coma, respira, regula las constantes vitales, pero no hay actividad en las áreas superiores del cerebro ni aparece movimiento alguno que indique un mínimo nivel de conciencia.

—¿Pero se recuperará? —preguntó Rosi.

—Confiamos en que sí, pero no sabemos cuándo —comentó el médico.

—¿Cuándo lo podremos ver? —preguntó Germán.

—Las visitas en la UCI son de 12:30 a 13:00 y de 18:30 a 19:00 horas. Así que es mejor que vayan para su casa e intenten descansar.

Rosi y Germán se subieron al coche que conducía ella y estuvieron unos cuantos kilómetros en silencio.

—Tu psicología te debía haber servido para darte cuenta de la situación de nuestro hijo y el riesgo que había —dijo Germán.

—Puede que si tú no hubieras estado tan absorbido por tus pensamientos filosóficos y por tus clases… Si le hubieras dedicado más tiempo a la relación padre-hijo, quizás Nuhazet no estaría en coma —dijo Rosi enfadada.

—¡Mira quién habla! La psicóloga a la que le importan más sus pacientes que su marido o su hijo.

—¡La verdad es que a veces eres ruin! Cuando discutes conmigo, solo quieres hacerme daño.

—¿Y tú? No creo que te quedes corta.

—Cada vez manejamos peor los conflictos —dijo Rosi —. Lo que importa ahora es que Nuhazet se recupere.

—Es verdad que eso es lo importante, pero está claro que cada vez somos más incompatibles. Ya no conectamos ni física ni emocionalmente. ¿Desde cuándo no hacemos el amor? —dijo Germán.

—¡Eso es lo único que te importa!

—¡Sabes que no es así!

—Hemos tenido baches en nuestra relación, como cuando nació Nuhazet y tú no asumías tus responsabilidades parentales. Lo hablamos y lo llegamos a solucionar.

—Éramos más jóvenes, pero ahora nuestra relación ha caído en la rutina y el aburrimiento, ya no hay chispa.

—¿Qué estás proponiendo? ¿Qué nos separemos?

—Sí, al menos por un tiempo.

Se hizo el silencio en el coche, solo se oía el ruido del motor, el rodar de las ruedas sobre el asfalto y el aire que entraba por la ventana que había abierto Rosi, para contrarrestar el calor de la discusión.

Pasaron unos minutos en una mudez triste y casi angustiosa, mientras se acercaban a Icod. Hasta que Germán la rompió:

—No sé si tú me apoyarás, pero voy a denunciar a Amanda.

—Pero ella me llamó para que fuera a la habitación de nuestro hijo para ver cómo estaba.

—Sí, y también le trajo el fármaco que lo tiene ahora en coma. Puede que muera por su culpa. Esto no puede quedar así.

Esa noche, Germán durmió en la habitación de su hijo y tanto él como Rosi se sentían fracasados. A los dos les costó mucho conciliar el sueño y parar las lágrimas que brotaban desde su tocado corazón.

12

En el traslado hacia la zona de Añazo, lo que hoy es Santa Cruz de Tenerife, Nuhazet iba descalzo y con cadenas, pero a pesar del sufrimiento volvía a estar maravillado con el paisaje de su isla. Un paisaje que aún la mano del hombre no lo había deteriorado, con cinturones de asfalto y miles de construcciones. Por los barrancos corría el agua, tanta que a veces era difícil pasar de un lado al otro. Había varios tipos de aves, algunas eran águilas que no había visto nunca, como el milano negro o los enormes cernícalos, que volaban alto acechando a sus posibles presas, como las ratas gigantes o los primeros conejos que habían empezado a introducir los conquistadores. También pudo ver unos lagartos, mucho mayores que los que mataba cuando chico a pedradas.

A medio camino, en uno de los descansos, Rodrigo, que había recuperado los deportivos, le pidió al capitán si se le podía dar su calzado, argumentando que al ir el prisionero descalzo les estaba ralentizando su marcha. El capitán accedió al ver que los pies de Nuhazet estaban ensangrentados y eso les estaba haciendo ir más despacio de lo habitual. Descansaron un rato y Rodrigo le dio sus zapatillas deportivas y un trapo para que se limpiara la sangre. Luego, se sentó a su lado esperando que Nuhazet le contara algo más sobre su época, pero no fue así, ya que el prisionero estaba cansado y dolorido, con pocas ganas de hablar.

Con los ojos cerrados, él pensaba en Dácil: «¿Habrá conseguido llegar al menceyato de Daute? Esta vez la historia me ha dejado al margen de su objetivo. He arriesgado mi vida para volver con ella y la he perdido. Tendré que escaparme de algún modo e intentar buscarla. Si pudiera controlar el coma, volvería a mi época para intentar empezar de nuevo en la Torre, pero eso por ahora no lo sé hacerlo. Quizá, si convenciera al que llaman Rodrigo para que me ayudase a escapar. Creo que él no está a gusto con su situación y si lo condenaron por robar un libro, seguro que le interesará saber cosas de mi época».

—Sabes que en mi época no hace falta ir a ninguna biblioteca para leer un libro —dijo Nuhazet, dirigiéndose a Rodrigo.

—¿No hay bibliotecas? —dijo Rodrigo.

—Sí que hay, hay muchas, y puedes ir allí a leer, aunque no te hace falta, lo puedes hacer desde tu casa o desde cualquier sitio si tienes un ordenador.

—¿Eso qué es?, ¿alguien que te da órdenes?

—Más bien, las órdenes se las das tú. Imagina una pequeña máquina del tamaño de esta piedra —señaló la piedra en la que estaba sentado— y dentro de ese artefacto hay unos mecanismos misteriosos que funcionan como un escribano que lo sabe todo, o casi todo, y es muy rápido escribiendo. Esa máquina está conectada de forma invisible con otras máquinas que tienen mucha información y tú puedes pedirle que te la enseñe. Es como una enorme biblioteca dentro de un cofre.

—¿Y cómo te da el libro?, ¿viene un mensajero a traértelo?

—No hace falta, la información te la muestra en una ventana mágica y en ella puedes leer el libro que quieras o escribir tu propio libro y que lo lean otras personas.

—Parece cosa de brujería —manifestó Rodrigo.

—Rodrigo, ya está bien de hablar con el prisionero —le gritó el capitán—. ¡En marcha!

—Si me ayudas, te podré contar muchas historias del futuro —le dijo Nuhazet a Rodrigo en voz baja.

Comenzaron a andar otra vez.

«Al menos, ahora llevo mis zapatos», se dijo Nuhazet.

«Ojalá pudiera ayudarle a escapar y que me siguiera contando cómo será el futuro. Igual hasta me puede llevar a su época», se dijo Rodrigo.

Cuando anocheció, pararon a descansar; al día siguiente llegarían a Añazo. Rodrigo pensaba que lo más seguro era que le tocaría hacer una guardia y ese sería el momento de ayudar a Nuhazet.

A medianoche estaba de guardia Rodrigo y el resto del destacamento dormía. Podía distinguir los ronquidos de sus compañeros. Rodrigo se acercó a Nuhazet con intención de liberarlo y, de pronto, recibió una pedrada en la cabeza que lo dejó sin vida, al tiempo que un grupo de guanches junto con Dácil saltaron sobre los soldados castellanos sin darles tiempo a defenderse y matándolos a todos.

Nuhazet sintió lo de Rodrigo. La verdad es que había tenido mala suerte. Un hombre que vivió en la época equivocada y que su afán de saber lo llevó a la muerte. Pero estaba muy contento de volver a estar con la mujer de pelo rubio, casi rojo, y ojos azules.

—Les estábamos siguiendo y solo esperábamos una oportunidad para liberarte —le dijo Dácil.

—No te imaginas lo que me alegra verte —comentó Nuhazet.

Ella le lavó las heridas de los pies y le hizo un ungüento con unas plantas que había recogido mientras los seguía.

—Gracias por liberarme y por curarme los pies.

—No tienes que dármelas, tú también me salvaste.

Nuhazet estuvo a punto de preguntarle si ella se acordaba de la primera vez que se vieron en la Torre, cuando huyeron los dos hacia Daute y estuvieron en La Coronela, aunque al final no lo hizo. Ya era todo bastante misterioso para él y prefirió vivir ese presente sin complicarse la cabeza.

—Descansaremos hasta que amanezca y mañana subiremos muy cerca de Echeyde, donde va a celebrarse un Tagoror de todos los menceyatos. ¿Puedes caminar?

—Espero que sí.

13

Germán, antes de ir a trabajar al instituto, aparcó su coche cerca del cuartel de la Guardia Civil, en La Centinela, se dirigió a la puerta que estaba cerrada. Durante muchos años esa puerta siempre estuvo abierta, pasabas a un pequeño zaguán y había oficinas a ambos lados, donde siempre estaba algún número. Denominación poco acertada para los individuos sin graduación, pero creo que la AUGC (Asociación Unificada de Guardias Civiles), desde hace tiempo, ha pedido a la RAE que elimine de su diccionario la definición de «número» para los guardias civiles, pero no lo han conseguido.

Tocó el timbre y le salió una amable y guapa guardia que no era un número, ya que tenía unos galones que Germán no distinguía, porque nunca se había interesado por los grados o rangos militares, ni había hecho el cuartel. Es decir, que de experiencia militar cero. El caso es que a Germán le cayó muy bien, y sintió que le gustaba. Sentimiento que no había tenido desde hacía mucho tiempo. Ella se llamaba Patricia, tendría 45 años y el uniforme no la hacía desmerecer, era una mujer atractiva. A ella también le pareció un madurito majo. Germán tenía 55 años, empezaba a pintársele el pelo con alguna línea blanca, estaba bien físicamente y tenía una agradable sonrisa, como la que había heredado Nuhazet.

Aunque lo hubiera hecho igual, la química que se produjo entre ellos facilitó el asesoramiento de Patricia, indicando lo que tenía que hacer para llevar a cabo su denuncia contra Amanda.

—Quisiera poner una denuncia.

—Me deja su DNI, por favor.

Patricia apuntó sus datos personales.

—¿Estado civil?

—Casado, aunque me da que por poco tiempo.

—¿Está en proceso de separación?

—Aún no, lo decidimos ayer. —Germán no sabía por qué le estaba contando esos detalles, pero…

—¿Cuál es el motivo de la denuncia?

Germán lo explicó y Patricia le ayudó a redactarla para que fuera clara y precisa, explicando con detalle los hechos por los que denunciaba a Amanda.

—¿Su mujer querrá firmar la denuncia?

—Creo que no, al menos ayer no estaba de acuerdo en que la denunciáramos. Pero yo sí quiero hacerlo. Mi hijo se está debatiendo entre la vida y la muerte por culpa de Amanda.

—Firme aquí —le dijo Patricia—. Esta copia es para usted.

—Trátame de tú, por favor. Somos casi vecinos del lugar de trabajo, aunque no nos habíamos visto.

—Es que yo soy nueva en este cuartel.

—Ya decía yo. Bueno, ahora, ¿cuál es el siguiente paso?

—Comenzará una investigación, se tomará declaración a las partes implicadas y, si procede, se iniciarán acciones judiciales.

—*OK*. ¿Me avisarán?

—Por supuesto.

—Perdone por mi atrevimiento, pero si me dejas tu número de teléfono, podríamos quedar para tomar un café y así me cuentas cómo va la investigación.

—Lo siento, Germán, pero no es el procedimiento habitual.

—Perdóname tú a mí. No debería habértelo pedido. Sin embargo, algo me impulsó a hacerlo.

—No tiene importancia, puede que más adelante nos tomemos ese café.

Germán se dirigió hacia su coche con la copia de su denuncia y con una especie de mala conciencia, por varios motivos:

«No sé si estaré haciendo bien con la denuncia; me parece mentira que anoche me salieron las lágrimas por mi situación de ruptura con Rosi y ahora casi estaba intentando ligar con Patricia. Debería ir al psicólogo, pero no con mi mujer, claro está», se dijo Germán esbozando una triste sonrisa.

14

Mientras descansaban para subir al tagoro cerca de Echeyde, donde se iba a celebrar un Tagoror con todos los menceyes, achimenceyes, chamanes y personas distinguidas de cada menceyato, Nuhazet le comentó a Dácil, y esta al mencey de Daute, de qué época venía y que sabía que ella había huido de Taoro porque la habían condenado por haberse enamorado con un soldado castellano, Fernán García, cuando lo cuidaba. Que había sido denunciada por su prometido Durimán y que un hermano de ella le había ayudado a escapar, pero que la capturaron unos soldados castellanos y la llevaron a la Torre. Dácil y Romén, el mencey de Daute, se quedaron sorprendidos porque el extranjero supiera lo que estaba pasando.

Nuhazet no quiso decirles que había sido la propia princesa quien se lo había contado la primera vez que viajó a su época. También les dijo que sabía cómo se iban a desarrollar los próximos acontecimientos en la isla y que Dácil podía justificar su presencia en el Tagoror, no solo por su problema que quería exponer ante sus miembros, sino que él estaba de acuerdo en que lo presentara como a un hombre de otra época que conocía el futuro y que les podría ayudar a solucionar el problema de la invasión de los españoles.

Dácil y Romén lo sometieron a muchas cuestiones sobre ese futuro de donde venía. Romén le preguntaba sobre si seguía habiendo guerras y por el tipo de armas que usaban. Dácil hacía de intérprete, pero lo que a ella más le interesaba era saber cómo vivían las mujeres respecto a los hombres, si podían hacer lo mismo que ellos y si tenían voz para hablar en los Tagoror. Nuhazet fue contestando a todas sus preguntas, como mejor sabía. Después de hablar un buen rato sobre alguna de las distintas guerras que se habían producido en el mundo y comentar que la humanidad no aprendía de sus errores, se dirigió a Dácil:

—Todavía en mi época las mujeres siguen luchando por ser iguales a los hombres y, aunque han conseguido muchos logros, aún se sienten excluidas de muchos protagonismos que tienen los hombres, y en algunos países tienen menos derechos que en otros. Las mujeres como tú han luchado y se han manifestado para no solo tener el papel de madre, han peleado por la libertad, la igualdad, el derecho a opinar y a participar en las decisiones junto con los hombres. Han existido movimientos de mujeres para protestar porque los hombres consideraban que la mujer es un ser inferior por naturaleza. La naturaleza no tenía nada que ver con la desigualdad, sino la educación y la cultura impuesta por los hombres.

—¿Y tú qué piensas sobre esa desigualdad? —le dijo Dácil.

—Para mí, hombres y mujeres somos iguales o deberíamos tener los mismos derechos y el mismo poder de decisión.

A ella, cada vez le caía mejor el chico del futuro.

Dejaron de hablar y se acostaron a descansar un poco antes de que amaneciera. Nuhazet no descansó nada, su cabeza no paraba. Tenía que buscar argumentos para poder explicar hechos y adelantos del siglo XXI, a unos guanches del siglo XV y que confiaran en él.

Al salir el sol, Nuhazet seguía despierto, pudo ver y sentir uno de los amaneceres más impresionantes que había contemplado en su vida, y que lo más probable es que no vería nunca más. Desde la cumbre donde estaba vio cómo los rayos del sol iban acariciando un mar en calma lleno de senderos. No había nubes, la atmósfera estaba más que limpia, sin ningún tipo de contaminación, y estaba tan claro el día que poco a poco fue divisando las islas de La Palma y La Gomera. Esa magnífica visión era acompañada por el canto de una gran variedad de pájaros.

Dácil se le acercó y vio cómo la luz del sol rivalizaba con la luz de los ojos de su princesa. No podía pedir más. Guardaría en su retina el grandioso amanecer que estaba admirando. Ella, al acercarse, le ofreció gofio con miel, un placer más para otro de sus sentidos y completar el momento, ya que a Nuhazet le encantaban las pelotas de gofio.

Iniciaron la marcha hacia el tagoro donde se reunían todos los menceyes cuando tenían que tratar algún tema que afectaba a todos los reinos o menceyatos en los que estaba dividida la isla. El camino era duro y a Nuhazet las pendientes se le hacían más cuesta arriba por culpa de sus pies maltratados, pero le encantaba avanzar y conocer su isla sin ninguna señal de la especulación del suelo, de los excesos del turismo, la masificación y el estrangulamiento del paisaje por carreteras llenas de vehículos contaminantes. Había algo que era más impresionante que el paisaje, la figura de Dácil caminando delante de él. Cada vez se sentía más enamorado de aquella espectacular guerrera guanche, aunque sabía que no era correspondido.

«Me arriesgué a perder la vida provocándome un coma, para volver a sentir su presencia. Pero este deseo, un poco o un mucho, irracional, no es el único. Me gustaría poder contribuir a que la conquista de la isla fuera menos traumática para sus antiguos pobladores, que se pudiera llegar a un entendimiento pacífico entre los conquistadores y la población guanche. Lo tendré que intentar».

Al llegar al tagoro, Bencomo y parte de sus acompañantes apresaron a Dácil y a Nuhazet sin darles tiempo a que expusieran algún argumento en su defensa. Aunque Bencomo quería tener razones para perdonar a su querida hija.

Romén le pidió hablar y lo convenció para que les diera al menos la posibilidad de defenderse, aunque no era habitual que una mujer tuviera voz en un Tagoror. Lo consiguió exponiéndole a Bencomo que Dácil no era una cualquiera, era una princesa guanche y una excelente guerrera, como ya había tenido ocasión de demostrarlo.

Transcurridos unos momentos de alteración y protesta por algunos de los menceyes, una mayoría aceptó dejarlos hablar.

Primero habló Dácil:

—Gracias por permitirme hablar y defenderme. Sé que no es lo normal que una mujer se presente en un Tagoror a hablar, pero también pienso que esa norma no debería aplicarse siempre y que en algunos casos se nos debería escuchar a nosotras, las mujeres.

Se produjo un gran revuelo y comenzaron a protestar muchos de los allí presentes.

—¡Silencio! Hemos acordado que la dejaremos hablar —gritó el mencey Bencomo.

—¡Gracias, padre! Fui condenada a que me emparedaran por haberme enamorado de un soldado castellano y haber roto el compromiso que tenía nuestra familia para ser la esposa de Durimán. Pero es difícil mandar sobre los sentimientos. Yo ni siquiera he hablado con el que me adjudicaron de prometido. En cambio, con Fernán García sí he hablado mientras cuidaba de sus heridas y me he dado cuenta de que es un hombre bueno y que no está de acuerdo con la forma en que los castellanos quieren hacerse con nuestra tierra. En el futuro acabaremos viviendo unos con otros y eso no será motivo de ninguna condena. Yo he defendido, como cualquiera de ustedes, a nuestro pueblo y nuestra forma de vida. Creo que me merezco el perdón. No he cometido ningún crimen, solo han sido mis sentimientos los que me han hecho querer a un extranjero, pero yo no puedo ir contra eso. Y ahora quisiera que los miembros de este Tagoror escucharan a Nuhazet que no es un extranjero. Él asegura que vive en la zona de lo que es el menceyato de Ycoden, pero que ha venido de otro tiempo, que ha venido del futuro.

Se volvió a producir otro revuelo entre todos los que estaban en el tagoro y se intensificó la protesta de algunos menceyes por permitir a un extranjero que tuviera voz en el Gran Tagoror.

—¡Silencio! Oigamos qué nos tiene que decir este hombre del futuro —ordenó Bencomo.

15

Sonó el tono rockero de la melodía de su teléfono, miró para ver quién era, pero no tenía registrado al usuario de ese móvil. Dudó en contestar, aunque al final lo hizo.

—¿Amanda?, soy la madre de Nuhazet. —Ella no contestó—. ¿Estás ahí?

—Sí, dígame.

—A pesar de lo que hiciste, te agradezco que me hubieras llamado y pudiéramos llamar al 112 antes de que Nuhazet se hubiera ido del todo. Te llamo para decirte que, aunque yo no estaba de acuerdo, Germán te ha puesto una denuncia en la Guardia Civil.

—Lo siento, lo siento mucho, no sé cómo me convenció…

—Yo tampoco lo entiendo y me gustaría saber por qué lo hiciste.

—Sé que no hay justificación, por mucho que yo quiera a su hijo. Él parecía sufrir si no conseguía volver al coma y por eso lo ayudé, pero no tenía que haberlo hecho —dijo Amanda entre sollozos.

—Pero ¿por qué quería volver al coma?

—Había una mujer que necesitaba volver a ver en sus sueños.

—Menos te entiendo; sin embargo, conozco muchas estupideces e imprudencias que hace la gente por amor. Por el bien de Nuhazet y por el tuyo, espero que salga del coma y se recupere —dijo Rosi y cortó la llamada.

A Amanda se le llenaron de lágrimas sus ojos marrones y su pequeña nariz respingona se humedeció. Si siempre había estado delgada y en estos últimos tiempos estaba rozando una delgadez insalubre, casi no comía, su estómago no se lo admitía. Ella había arriesgado su libertad y su vida por culpa de su amor por Nuhazet, había proyectado en él sus sueños y sus ilusiones, arriesgándose a destrozar su vida por un amor no correspondido, sin embargo, lo más grave era que había puesto en peligro la vida de Nuhazet, y ahora mismo no se sabía si se podría recuperar.

Sonó el timbre de su casa. Su madre abrió la puerta y se encontró con una pareja de guardias civiles. Eran Patricia y un compañero.

La madre de Amanda sabía que Nuhazet estaba otra vez en coma, pero no conocía más detalles. Se sorprendió al ver a los guardias civiles llamando a su puerta.

—¿Ocurre algo?

—¿Está Amanda en la casa?

—Sí, creo que sí.

—Nos gustaría hablar con ella.

Ana, la madre de Amanda, nerviosa, llamó a Amanda. Cuando llegó, se sentaron en la salita.

—Cómo sabes, tu amigo Nuhazet está en coma. Su padre ha puesto una denuncia contra ti y queremos saber tu versión de los hechos.

—Pero… ¿qué locura es esa? ¿Qué va a tener que ver Amanda en el coma de su amigo? —dijo Ana casi gritando.

—Tranquila, mamá. Si quieren, los acompaño al cuartel.

—Perfecto, allí estaremos tranquilos y podrás hacer tu declaración —dijo Patricia.

—Te acompaño —le dijo Ana a su hija.

—No hace falta, mamá. Prefiero que no vayas.

La madre de Amanda era una persona nerviosa y, desde que su marido las abandonó, a cada momento tomaba tranquilizantes que le había recetado su psiquiatra. Por eso, Amanda prefirió ir sola.

En el cuartel, Amanda relató la insistencia de Nuhazet en querer volver al coma y por qué lo quería hacer. Al principio, Amanda lo consideró una locura y pensaba que con el paso de los días se le quitaría esa idea descabellada, pero no fue así y accedió a proporcionarle los hipnóticos. Lo había hecho con la idea de que los tomara poco a poco, para ver si, en alguno de los sueños facilitados por las pastillas, conseguía su propósito. Lo que ocurrió luego es que Nuhazet no le hizo caso y se tomó demasiadas pastillas de una vez.

Amanda firmó su declaración y quedó a disposición judicial. El juez tendría que decidir si quedaría en libertad bajo fianza, ingresaría en prisión preventiva o tendría la obligación de presentarse de forma periódica ante el tribunal, entre otras medidas cautelares. Esta última fue la que acordó una juez, y decidió que el juicio se aplazaría hasta que hubiera un desenlace del coma de Nuhazet, bien por recuperación o bien por fallecimiento, ya que los cargos serían diferentes.

Amanda entró en una depresión como consecuencia de los sentimientos de culpa, que junto al autocastigo le generaron una visión negativa de sí misma y le provocaron la más absoluta de las tristezas. Se encerraba en su habitación, casi no salía de allí, sino para ir al baño, apenas comía y solo dejaba su casa cuando tenía que presentarse en el juzgado. Su madre, con los desequilibrios comportamentales que tenía, tampoco era la persona más adecuada para ayudarla.

Había momentos en que la culpa a veces le oprimía el corazón de tal forma, que empezó a generarle conductas autodestructivas y pensamientos suicidas, mezclados con meditaciones filosóficas. A Amanda le encantaba leer libros de filosofía, lo cual la convertía en un bicho raro entre sus compañeros de curso en bachillerato.

«¿Y si hago lo mismo que Nuhazet? Puede que me reúna con él y le ayude a volver. ¿Tendré yo las mismas sensaciones dentro de un estado de inconsciencia? ¿Compartiremos el mismo sueño? Lo más probable es que no. Aun estando en el mismo escenario onírico, seguro que nuestras impresiones subjetivas serían diferentes. Cada persona siente de una forma diferente. Cuando estamos despiertos, cada persona experimenta sensaciones diferentes de nuestra conciencia. Me pregunto dónde estará el alma de Nuhazet cuando está en coma. ¿Seguirá sujeta a su cuerpo o se habrá separado de él? Puede que existan dos tipos de vida: la vida consciente y la inconsciente. De esta última sabemos muy poco, al menos yo, pero si me provoco un coma, como hizo él, puede que lo averigüe».

16

Después de un gran alboroto por parte de los menceyes y demás integrantes de la asamblea en el tagoro, se produjo el silencio exigido por Bencomo. Todos esperaban a lo que quería decir el hombre del futuro.

Nuhazet intentaba ordenar sus pensamientos para intentar convencer a aquel auditorio tan particular y Dácil aguardaba sus palabras para traducirlas a la lengua guanche.

—Como parte de mi pasado que son, a mí siempre me ha gustado estudiar y leer lo que los libros dicen sobre ustedes. No sé si han visto algún libro que hayan traído los castellanos. Un libro es un objeto donde se escribe y se cuentan historias, en este caso, historias donde se relatan las costumbres y la vida de los guanches. Así he podido saber que su pueblo adora a un solo Dios. Creen en que hay un espíritu del mal al que llaman Guayota y que está en el interior de Echeide y que a veces le ofrecen sacrificios de animales.

»Los guañamenes tratan de adivinar el futuro guiándose por la dirección del humo o por los balidos de las ovejas. También sé que cuando llega la época del Beñesmen están de fiesta, comen, bailan, cantan y los guerreros compiten en habilidad y fuerza.

»Uno de sus alimentos es el gofio. Utilizan un molino de mano para obtenerlo y un zurrón de baifo para amasarlo y guardarlo.

»Tienen costumbres para cuando se produce la muerte y preparan el cadáver para la otra vida. Hay hombres y mujeres que se dedican a este trabajo. A los muertos los llevan a una cueva, los tienden sobre una laja, les vacían el vientre, los lavan varias veces y los untan con manteca de ganado. Luego les echan brezo y polvos, a veces, de piedras de Echeide y los envuelven con cueros de ovejas o de cabras, y esto hace que se conserven.

—Todo eso se lo pudo contar Dácil o Romén —dijo uno de los menceyes.

Dácil y Romén lo negaron.

—Les he contado lo que conozco de ustedes para que vean que me interesan sus vidas y sus costumbres —dijo Nuhazet—. Quiero contarles temas del futuro: pasará el tiempo y el hombre utilizará muchas cosas que ustedes ahora no tienen. Habrá carros que se mueven sin ser tirados por un animal; se construirán caminos para esas máquinas que llamarán carreteras; los barcos también llevarán motores y no necesitarán remos ni vela; se construirán unos aparatos que llevarán a la gente por el aire volando como si fuera un águila.

»Las viviendas también cambiarán mucho, no se vivirá en cuevas ni en cabañas de piedra, y las casas, que así se llamarán, podrán ser muy altas, con escaleras dentro para subir a las diferentes alturas. Habrá casas con más altura que el pino más alto que exista en la isla.

Algunos de los menceyes protestaban diciendo que todo eso era mentira, que no podía ser verdad, pero otros empezaban a interesarse por las palabras del hombre del futuro.

—Una pequeña prueba de que soy de otra época es mi calzado —diciendo eso, se quitó las zapatillas de deporte y se las pasó al mencey Bencomo—. Seguro que nunca han visto nada igual y los materiales son muy diferentes a los que usan ustedes o los conquistadores.

»Sé que es difícil de entender que yo venga del futuro. Yo tampoco entiendo cómo puedo estar aquí, pero lo que sí sé es que igual les puedo ayudar a tomar decisiones que sean beneficiosas para este pueblo guanche, y que la conquista de la isla por parte de los castellanos sea lo menos dolorosa posible.

—No nos van a conquistar. Antes, si hace falta, moriremos todos defendiendo nuestra libertad —dijo Bencomo.

—Ya sé, por lo que he leído, que los habitantes de esta isla, sobre todo los de algunos menceyatos, fueron muy valientes y prefirieron morir combatiendo que perder su libertad.

»La historia cuenta que, a pesar de haber ganado alguna batalla, al final serán derrotados, muriendo muchos de ustedes y convirtiendo en esclavos a los que hicieron prisioneros. Eso pasó porque cuando Alonso Fernández de Lugo se entrevistó con el mencey Bencomo, este quiso que se sometieran a la corona de Castilla y que se convirtieran al cristianismo, aunque Bencomo no lo aceptó. Esto todavía no ha pasado. Pero mi propuesta es que yo intente hablar con el de Lugo y convencerle para que no les exija convertirse al cristianismo. Que en la isla pueda haber una especie de gobernador, representante de la corona de Castilla y los correspondientes menceyes. Que puedan convivir en paz los castellanos y el pueblo guanche sin necesidad de perder la libertad ni de que se produzca una gran aniquilación de vuestro pueblo.

»Les propongo esto, porque ellos tienen un ejército muy poderoso y, tarde o temprano, acabarán conquistando la isla. Sé que para muchos será un pacto doloroso y que preferirían morir antes de aceptar a los invasores, pero si conseguimos cambiar la historia, puede que el pueblo guanche siga existiendo mucho más tiempo en Tenerife, que así llamamos nosotros a esta tierra.

Se volvió a producir un alboroto en el Tagoror, hasta que Bencomo mandó a callar.

—Una última cosa: en mi época las mujeres pueden elegir con quién quieren compartir su vida. El condenar a Dácil por estar enamorada de un soldado castellano es una decisión muy salvaje, no representa a un pueblo sabio. Creo que deberían pensarlo. Y por otro lado, el soldado castellano nos podría ayudar a que yo me acercara a hablar con el de Lugo para negociar el acuerdo de paz. La decisión ahora es de ustedes.

17

Amanda llevaba varios días y varias noches con un pensamiento recurrente. Una y otra vez su cabeza era como un tiovivo que daba vueltas y vueltas, pero siempre estaba en el mismo sitio. En ese tiovivo, en lugar de caballitos, aviones, coches o barcos, giraban pensamientos. Los pensamientos, unas veces en forma de interrogantes y otras de dudas, se repetían y volvían a empezar como en una atracción de energía ilimitada.

A veces, el tiovivo se detenía y ella se subía a uno de los pensamientos e intentaba desmenuzar su contenido hasta dejarlo tan simplificado que ya no se podía aguantar en esa estructura giratoria. Era como si hubiera desarmado el caballito y ya no tuviera posibilidad de seguir enganchado al carrusel.

La mitad de la estructura mental giratoria eran ideas a favor, pero diametralmente opuestos estaban los razonamientos en contra. La cabeza le iba a estallar, su cuerpo se debilitaba, apenas comía y casi no dormía. Cada vez más encerrada en sí misma, solo dejaba de pensar y de analizar los pensamientos las noches despejadas, en las que se asomaba a su ventana y, a modo de paréntesis, ponía su mente en blanco. Era una forma de meditación, donde escudriñaba las estrellas y se dejaba llevar por su centelleo. Había una en particular que la atraía por su intenso brillo y su parpadeo característico, unas veces en azul y otras en blanco. Durante dos noches pudo frenar sus pensamientos contemplando aquella estrella, que resultó ser Sirio, y que le empezó a proporcionar una conexión espiritual que, al principio, no entendía pero la relajaba.

Tanto la relajaba que le encantaba que llegara la noche y, sobre todo, que estuviera despejada, algo que no siempre pasaba por «la panza de burro» tan frecuente en el norte de la isla.

Amanda investigó sobre Sirio y encontró que esa estrella simbolizaba una conexión espiritual entre el mundo de los vivos y los antepasados, quienes observaban a los vivos desde la estrella. Se creía que al percibir a Sirio, los miembros de la tribu podían comunicarse con sus ancestros, sobre todo, durante los festivales de caza o las ceremonias de iniciación. Según esta leyenda, Sirio enviaba visiones y sueños a los guerreros y cazadores para advertirles sobre los desafíos futuros, y su brillo en el cielo representaba la fuerza y el espíritu de los antepasados que cuidaban a su pueblo. Estas leyendas sugerían la importancia de Sirio como una estrella que no solo orienta físicamente, sino también de forma espiritual, como un símbolo de conexión entre los seres humanos, la naturaleza y lo divino en diferentes culturas en todo el mundo.

Esa información convenció a Amanda sobre lo que ya sentía: una conexión espiritual que nunca había experimentado y que quería optimizar.

Al principio solo era una sensación de paz, pero luego le fue llegando un *collage* donde se combinaban imágenes y sonidos de diferentes épocas. Poco a poco, la información se fue ordenando, eliminándose las imágenes que a Amanda no le interesaban, hasta surgir su abuela paterna, a la que llegó a conocer en vida y de la que tenía agradables recuerdos. De alguna forma, su abuela María Teresa le mandaba un mensaje de amor y de ayuda, o al menos así lo entendía Amanda, y no quería desaprovechar la oportunidad de conocer a sus ascendientes.

Su abuela, a modo de *flashes*, le ordenaba el camino y le empezaron a llegar imágenes del padre de su abuela, su bisabuelo Roberto, en Icod de los Vinos, con alguna de sus historias: tenía un precioso caballo blanco, pero la llegada de los automóviles a la isla le hicieron pensar en venderlo, porque le salía más caro mantener el caballo que uno de aquellos locos cacharros. Roberto terminó vendiéndolo y se fue a Santa Cruz a buscar un coche de la marca Ford que tenía dos asientos delanteros y uno extra en el maletero que lo llamaban el asiento de la suegra. Antes no hacía falta tener carné para conducir. El vendedor le enseñaba cómo arrancar y cómo frenar, en tanto que el resto se aprendía intentando llevar el coche derecho por la incipiente carretera que había desde la capital de la isla hasta Icod.

A Amanda le encantaba toda historia que tuviera que ver con su familia, pero tenía prisa por llegar a sus antepasados aborígenes si es que los tenía. Se lo hizo saber a su abuela y esta se esforzó por ir hacia atrás en su árbol genealógico, movió el tiempo, pasando con más velocidad por la edad contemporánea, la edad moderna, y finales de la Edad Media, para detenerse en los tiempos de la conquista. Entonces llegó la sorpresa: uno de los ascendientes de Amanda era el mencey de Ycoden, al que de forma errónea y con fantasía el poeta Viana llamó Pelicar.

Amanda se esforzó porque a su abuela le llegara el mensaje que quería transmitir a su antepasado Pelicar: «Confía en Nuhazet, el hombre del futuro, y ayúdale a sobrevivir para que pueda volver a su época».

Después de asegurarse de que su abuela había recibido el mensaje, durmió varias horas esa noche, porque sentía que había podido ayudar a Nuhazet. No había necesitado buscar el coma, arriesgándose a perder la vida. Estaba segura de que su antepasado ayudaría a Nuhazet. También se sentía importante, por lo que había descubierto: era casi una princesa guanche. Su identidad canaria se reforzó desde ese momento. Le hubiera encantado que sus compañeras del instituto lo supieran, sobre todo, un par de tontas que siempre estaban presumiendo de lo importante que era su familia.

18

Pasado el encuentro con los menceyes en el Tagoror, separaron del grupo a Dácil y a Nuhazet, vigilados por un par de guerreros, y se quedaron deliberando los menceyes y demás miembros del Gran Tagoror. En cada menceyato solía haber varios tagoros, pero cuando se reunían los nueve reinos lo hacían en la zona de Echeyde, en lo que en la actualidad se conoce como la Cañada de los Guancheros, al pie de la Fortaleza.

El paisaje era un poco diferente al que conocía Nuhazet, que había hecho el sendero con sus padres del Centro de Visitantes a la Fortaleza, pero esa vez había más vegetación de alta montaña, como retamas, codesos, tajinastes rojos y hierba pajonera. Apenas el suelo tenía pumitas (pequeñas piedras pómez), ya que aún no se había producido la erupción de Montaña Blanca. Las retamas eran más grandes que las que conocía, con unas ramas largas y cargadas, unas de flores blancas y otras de un color entre blanco y rosado. Los tajinastes rojos que quedaban con flor eran impresionantes. Su contraste con el color de las piedras volcánicas era un festival para el sentido de la vista.

Dácil y Nuhazet oían las discusiones, pero no llegaban a entender lo que decían. Solo que no había unanimidad.

Los menceyes del sur eran partidarios de llegar a un acuerdo, de hecho, algunos ya lo habían intentado a espaldas de los demás menceyatos. Los del norte eran más partidarios de luchar contra los conquistadores castellanos, sobre todo, Bencomo, que no quería rendirse ante los extranjeros.

La mentalidad de Nuhazet era la de «la paz siempre antes que la guerra». Claro que él era un joven con ideas democráticas del siglo XXI, y los reyes a los que tenía que convencer eran, antes que nada, guerreros del siglo XV con el honor y el orgullo de pertenecer a un pueblo que querían defender. Para Nuhazet la paz era preferible a la guerra, ya que contribuiría a que en la isla se construyera una sociedad segura y habitable por todos, los guanches y los castellanos. Se terminaría el miedo junto a la ansiedad que provoca una guerra y, sobre todo, se salvarían muchas vidas humanas y se evitaría la esclavitud, permitiendo quizá que las raíces guanches fueran más fuertes con el paso de los siglos. La paz podía traer el entendimiento entre ambos pueblos y que se fueran construyendo poco a poco valores como el respeto y la tolerancia para intentar crear una sociedad justa.

En el Tagoror no se ponían de acuerdo, había equilibrio de fuerzas entre la postura de llegar a acuerdos y la de combatir hasta morir si hacía falta. De pronto comenzó a caer una lluvia de flores blancas de retamas, vistiendo de ese color a todos sus miembros. El suelo del tagoro se convirtió en una alfombra a modo de nevada, pero esta vez los copos eran cálidos del color más blanco puro que ninguno de los allí presentes había visto nunca. Pelicar, después de hablar con su chamán, se dirigió a la asamblea:

—Esta lluvia de flores es una señal positiva. Achamán nos la ha enviado para que aceptemos la propuesta del hombre del futuro. Si fuera en contra de nuestro pueblo, igual hubiera despertado a Guayota.

Al final se llegó al acuerdo sobre la propuesta del joven extranjero. Se decidió dar una oportunidad a que Nuhazet, junto con el soldado castellano prisionero, intentara un acuerdo de paz con el de Lugo.

El caso de Dácil era un asunto particular del menceyato de Taoro y su decisión quedaba aplazada a un Tagoror de dicho reino, pero Bencomo ya estudiaba la fórmula para salvar a su hija y esperaba argumentar que la lluvia de flores también se podía interpretar como una petición de clemencia para su hija.

Había oscurecido y decidieron pasar la noche en la cañada, al resguardo de la montaña, de la Fortaleza.

Nuhazet volvió a disfrutar de una noche en plena naturaleza con una visión impresionante de la bóveda celeste. Al no existir contaminación lumínica en absoluto, dejaba ver a simple vista infinidad de estrellas, aunque había una que brillaba para él, o por lo menos así lo sentía. Estaba cerca de la inconfundible constelación de Orión y era Sirio, que esa noche producía una luz intensa, a pesar de que no era la mejor época para verla desde la zona del Teide. Esos destellos parecían llegarle como mensajes y le hacían recordar a su amiga Amanda.

Se quedó dormido pensando en su amiga y lo que había hecho por él, proporcionándole el fármaco que le había facilitado el retorno a la época de los guanches y la conquista de la isla. ¿Se podía dormitar dentro de un sueño?, ¿era eso lo que le pasaba a Nuhazet?, ¿seguía en coma?, ¿se había muerto y era su alma la que vagaba por el siglo xv, en compañía de Dácil y su pueblo?

★★★

—*Me gustaría hablar contigo, mamá.*
—*Dime, hijo.*

—*Tengo muchas dudas sobre el mundo de los sueños y el mundo real.*

—*¿Qué dudas?*

—*A veces me cuesta distinguir entre el mundo onírico y el real. Hay momentos en que sueño y para mí estoy en plena vigilia, vamos que estoy despierto. ¿Tengo algún problema neurológico o psicológico?*

—*No tienes ningún problema; a veces no es sencillo distinguir el sueño de la realidad, sobre todo, cuando los sueños son vividos o se presentan como habituales.*

—*Pero ¿cómo sé si estoy soñando o no?*

—*En los sueños, los detalles suelen cambiar de manera ilógica o sin coherencia. Puedes ver si algo se siente normal o no. En los sueños se contradicen muchas veces las leyes de la naturaleza: podemos volar; saltamos por encima de una montaña; vemos cómo el agua corre hacia arriba por un barranco; los animales pueden hablar. Además, no solo se anulan las leyes de la naturaleza, sino que tampoco se conservan las leyes de la lógica. En los sueños no siempre dos más uno son tres.*

—*Pero, a veces, no siempre, dentro de mis sueños, se cumplen las leyes de la naturaleza.*

★★★

—¡Despierta! —le dijo Dácil. —Tenemos que irnos.

Nuhazet se despertó o, al menos, eso creía.

—Nos vamos para Taoro. Allí conocerás a Fernán. Es un hombre bueno. Seguro que te apoyará en tu intento de lograr un acuerdo de paz con los conquistadores.

19

Era un viernes por la tarde, y un grupo de profesores del instituto de Germán habían ido a comer al Patio de mi Casa, restaurante ubicado en una antigua casona que fue la casa de los marqueses de Santa Lucía y con posterioridad albergó el Casino de Icod de los Vinos. Ya habían terminado de comer y decidieron ampliar la sobremesa pidiendo unos cócteles. Empezaron con el Tío Alberto, que así se llamaba a la mezcla de rones añejos, frutos secos y vino tinto. Dicho «Tío» entró con facilidad conquistando el paladar de Germán. Este había pasado la primera semana separado de Rosi y había decidido empujar las penas con el alcohol, no las quería tener en la cabeza y pensaba mandarlas al sótano o más abajo si podía. Quería intentar, por una tarde, olvidarse de su separación, del coma de su hijo, de la denuncia que le había interpuesto a Amanda. Pero no era una empresa fácil, era más probable que la tarde o la noche acabara con una buena borrachera y su cabeza mareada acabara dando vueltas y más vueltas junto con sus penas.

Aún no había llegado a esos niveles, solo estaba en la fase de la exaltación de la amistad y se sentía acompañado por uno de sus compañeros que ponía cara de atender a su discurso filosófico, pero que ya estaba más borracho que Germán. El Tío Alberto se acabó y pidieron dos Malditos que, con su combinación de vodka, frutas tropicales, lima, chile y soda, iba a hacer honor a su nombre. Cuando de pronto su compañero, que estaba de frente a la puerta, interrumpió a Germán:

—Pedazo de tía buena está entrando al restaurante.

—¿Dónde? —preguntó sin lógica, ya que su compañero le había dado la ubicación.

—La verdad es que sí —dijo Germán sin darse cuenta de que la conocía.

Los dos se quedaron embobados, examinándola, cuando ella pasó al lado de su mesa.

—Buenas tardes, don Germán —dijo Patricia, dirigiéndose a la mesa que le había señalado el camarero.

El «don» había sido pronunciado con el ánimo de poner una barrera.

El compañero se quedó mirando a Germán y este se dio cuenta de quién era:

—Es Patricia, la guardia civil, no la había conocido vestida de calle.

Ella vestía unos pantalones negros ajustados, un *top* que dejaba ver uno de sus hombros y unos zapatos de tacón alto. Sobre sus hombros caía un pelo negro y brillante que recordaba a la obsidiana. Si en el cuartel le había parecido guapa, ahora era una diosa y no era por el alcohol que tenía su cuerpo.

—Hola, Patricia, ¿puedo sentarme? —le dijo Germán.

—Estoy esperando a unas amigas, pero mientras tanto, puedes.

—Te invito a un cóctel.

—No, gracias, solo voy a tomar un cortado y tú deberías pasarte al cortado también.

No era difícil para Patricia el darse cuenta de que Germán llevaba ya unas copitas encima.

—Estás guapísima.

—Gracias.

—¿Te vas de fiesta?

—Ya te he dicho que espero a unas amigas y, a dónde voy o no voy, no creo que sea de tu incumbencia.

—Perdona, creo que estoy desentrenado en el arte de cortejar.

—Un poco anticuada la palabra cortejar y tu actitud también.

—Intento hacerlo lo mejor que puedo, porque me gustas mucho.

—Y el alcohol te hace sentirte desinhibido.

—Lo más seguro, pero desde que te vi en el cuartel me agradaste mucho, a pesar de ser guardia civil.

—Creo que a cada frase que dices, te estás echando barro encima.

—Puede ser, pero me gustaría ir de fiesta contigo.

—Lo mejor sería que dejaras de beber ese cóctel y te vayas a dormir la mona. Espero que no tengas que coger el coche.

—No, voy caminando al apartamento que he alquilado. Igual me tienes que llevar por si me pierdo. Podríamos pasar un buen rato en mi estudio.

En ese momento llegaron las amigas de Patricia y esta les hizo señas para que no se sentaran en la mesa.

—Nos vamos. ¿Me pagas el cortado que me habías prometido?

—No faltaría más, ¿pero seguro que no quieres que les acompañe?

—Segurísimo.

Patricia y sus amigas se fueron del restaurante riendo y con ganas de fiesta, pero sin aguantar a un pesado como Germán.

Los compañeros de Germán comenzaron a tomarle el pelo por su fracaso como conquistador y algunos se ofrecieron entre cachondeo y cachondeo a enseñarle cómo se liga ahora.

Germán comenzó a sentirse mal por partida triple: por el vacilón de sus compañeros, por los efectos del alcohol y por la cantidad de meteduras de pata que había tenido, en tan poco tiempo, con Patricia.

Se despidió casi de mala manera, salió a la calle y, a pesar de estar serenando bastante fuerte, se encaminó hacia su apartamento alquilado, caminando despacio, con algún traspié o tropezón, esperando que el agua de la lluvia le despejara su mareada cabeza. Al final pudo llegar a su nuevo domicilio y, después de un combate cuerpo a cuerpo entre la llave y la cerradura, consiguió entrar y tirarse en el sofá a sufrir el carrusel de la habitación giratoria.

La noche transcurrió entre las cabriolas de la habitación y las piruetas que tenía que hacer para intentar llegar al baño a vomitar. Cosa que no siempre consiguió y que al día siguiente comprobaría, viendo el bonito recuerdo que había dejado en el pasillo.

Se levantó tarde, menos mal que era sábado, se tomó un café y un paracetamol y se dispuso a hacer la compra en el supermercado.

Cuando estaba en la sección de frutas, escogiendo unas manzanas, escuchó una voz a su espalda:

—Parece que ya estamos recuperado.

Se giró y se encontró con Patricia, que también había dedicado parte de la mañana a la intendencia.

—No del todo, pero sobrevivo. Por cierto, te pido perdón si ayer te molesté.

—Perdonado. Sé que el alcohol no es el mejor apuntador en el teatro de la vida.

—Bonita frase. ¿No trabajas hoy? —le preguntó Germán.

—Esta tarde, me toca salir de patrulla en la BMW.

—Vale, pero ahora nos podemos tomar un café, aquí en la cafetería del centro comercial. Sí te apetece.

—¿Entonces eres motorista? —le preguntó Germán entre sorbo y sorbo.

—Pues sí. Siempre me han gustado las motos y las conduzco desde que pude tener un ciclomotor de licencia municipal. Luego, cuando ya era guardia civil, hice un curso de actualización en la Escuela de Tráfico de Mérida y aquí estoy cumpliendo con mi trabajo y disfrutando de las carreteras de Tenerife.

—Te admiro, porque yo he sido un cobarde para ir en moto. Las pocas veces que he ido de paquete lo he pasado mal. Quizá porque los conductores eran un poco locos, por no decir salvajes. Creo que uno de ellos, cuando estudiaba en La Laguna, fue el culpable, me llevó a toda velocidad por varias calles y no frenaba en ningún cruce, aunque no tuviera preferencia.

—Si quieres, yo te puedo ayudar a que superes ese miedo —dijo Patricia.

—Sí, ¿cómo?

—Dando una vuelta conmigo de paquete, en mi moto de calle.

—Por dar esa vuelta contigo, me atrevería a intentar superar mis miedos.

La conversación era cada vez más agradable y empezaban a conectar, así que Patricia tomó la iniciativa:

—Mañana libro, ¿qué te parece si nos subimos a Las Cañadas en moto?

—Sería estupendo, pero no tengo casco.

—No te preocupes por el casco, yo te lo facilito. Igual te consigo también una chaqueta de motero de algún compañero.

—Vale entonces, a la comida te invito yo. Conozco varios restaurantes en la zona, bajando por el Portillo o incluso por Vilaflor. Espero portarme como un buen paquete.

20

La gente de cada menceyato inició su camino hacia la zona de su reino. Unos bajaban hacia el sur de la isla, otros hacia el norte. Los nueve grupos se fueron separando, pero habían quedado en mandarse señales con los bucios si necesitaban volver a reunir al Gran Tagoror porque hubiera novedades y se necesitara tomar decisiones.

En la bajada, Nuhazet volvió a contemplar un paisaje que ya conocía, un mar en la cumbre que chocaba contra las partes altas del norte de la isla, como si fueran las olas en una playa un día de mar en calma. Los vientos alisios ya desde entonces hacían su trabajo. De niño, la primera vez que vio un mar de nubes pensó que sería divertido poderse tirar como si estuviera en una piscina de bolas, esconderse y sacar la cabeza, y volverse a tirar para darle un bocado al algodón, saboreando sus hilos de azúcar derretido. Por supuesto que ya no tenía esos pensamientos, aunque le seguía maravillando el espectáculo. Ahora quizá aún le maravillaba más al contemplarlo en una atmósfera no contaminada.

Poco a poco fueron dejando atrás la vegetación de alta montaña y entraron en un bosque de pinos espectacular. Bajaban demasiado rápido por unas laderas empinadas, tan rápido que a Nuhazet le costaba seguir el ritmo, pero lo intentaba, no quería dar una imagen de debilidad ante los ojos de Bencomo. Sus compañeros de viaje se manejaban con una soltura envidiable por un pinar densamente poblado. El abundante pinocho no ligaba bien con la suela de sus zapatillas deportivas, por lo que estuvo varias veces a punto de caerse, pero seguía intentando mantener la velocidad del grupo. Hubiera sido tan fácil argumentar que no estaba acostumbrado a bajar tan rápido por laderas tan inclinadas rebosantes de árboles; sin embargo, su orgullo, o sus ganas de ser aceptado por los aborígenes, no se lo permitía.

Siguió avanzando como podía hasta que su pie derecho resbaló sobre la pinocha, se cayó hacia delante y comenzó a girar por una fuerte pendiente, cada vez más y más rápido. De milagro no tropezó con ninguno de los gruesos pinos que iba dejando a su paso o a sus endiabladas volteretas. Hasta que el milagro dejó de funcionar. En uno de los giros cogió vuelo, puesto que había una cortada en la ladera, y cuando aterrizó fue a dar con su espalda en un inmenso tronco. Sintió un fuerte dolor. No se podía mover, era como si su cuerpo estuviera prisionero dentro del pino, pero el pino se desprendió del suelo y comenzó a girar con él dentro. Ni Dácil ni el resto de la comitiva estaban ya con él. Su único compañero era el tronco del pino, que se había convertido en un vehículo que lo arrastraba al borde de un barranco, un barranco profundo donde corría tanta agua como en un río. Sintió que después de una larga caída, se sumergía y salía a la superficie, comenzando una loca navegación con un destino: el Atlántico.

Al llegar, la velocidad de navegación fue disminuyendo, hasta que una ola le dio un fuerte golpe, expulsándolo del tronco y lanzándolo a una playa de arena negra en la que quedó inmóvil su machacado cuerpo.

Nuhazet se estaba despertando del coma. Le pareció ver cómo la enfermera de pelo rubio, casi rojo, y ojos azules, salía de la habitación, al tiempo que todos los monitores cardiorrespiratorio, de presión arterial o de oxígeno, daban las alarmas y se acercaba a su cama el personal de la UCI.

TERCERA PARTE

21

Nuhazet estaba, como era lo normal en esos casos, algo desorientado y, al igual que la otra vez cuando despertó del coma, los médicos tuvieron que darle un tranquilizante. En su mente no dejaba de repetirse la escena de rodar por la ladera e impactar con su espalda contra el grueso pino que frenó su caída.

Después de unas horas sedado, los médicos decidieron irlo despertando.

Cuando lo hizo, empezó a notarse raro: se tocaba las piernas y no las sentía. Al principio no comentó nada, dudaba si estaba despierto o soñando. Lo tuvo claro cuando unas auxiliares de enfermería vinieron a cambiar las sábanas. Al levantarle las piernas, no sintió cómo lo cogían ni tuvo control sobre sus extremidades inferiores.

—Por favor, llamen a un médico —reclamó Nuhazet.

El médico llegó, le hizo unas pruebas para evaluar su fuerza muscular y comprobar su capacidad para mover las extremidades inferiores, así como si podía sentir estímulos táctiles o de temperatura. Todo salió negativo, pero no quiso alarmar a Nuhazet:

—No te preocupes, esto puede ser pasajero por el tiempo que llevas inmovilizado en la cama. Te vamos a hacer una resonancia para ver mejor el estado de tu columna.

Nuhazet sí que se preocupó. No se le iba de la cabeza la imagen del choque contra el pino, pero no se atrevía a comentarlo.

Más tarde, Rosi llegó al hospital y, antes de entrar a ver a su hijo, uno de los médicos le comentó la gravedad de su lesión. La resonancia había detectado anomalías graves en las vértebras L4 y L5.

—Pero ¿cómo es posible? Si cuando lo ingresaron no había tenido ningún golpe en la espalda —preguntó Rosi.

—No lo sabemos, estamos empezando a estudiarlo. Puede haber sufrido una infección causada por un virus o por una bacteria que le haya provocado una mielitis, una inflamación de la médula espinal. Igual se recupera, no tiene por qué quedarse parapléjico.

Rosi rompió a llorar y esperó a calmarse antes de pasar a ver a su hijo. Llamó a Germán, pero no le cogía el móvil y, al final, optó por dejarle un mensaje de WhatsApp.

★★★

Germán no oía el móvil debido al ruido de la moto. Estaba disfrutando del Parque Nacional de Las Cañadas visto sin techo. Tenía la sensación de que el paisaje se le mostraba de otra forma. La experiencia de ir de paquete le estaba gustando y, además, Patricia le había indicado que se agarrara a su cintura, lo cual era un aliciente extra.

En el mirador del Llano de Ucanca y la Catedral, al cabo de estar un rato contemplando esas maravillas —las coladas de lava, el enorme espacio y la percepción de estar en otro planeta—, cogió el móvil para inmortalizar el momento y vio que tenía varias llamadas perdidas de su ex.

★★★

Rosi le contó lo sucedido. El paseo terminó y se dirigieron al hospital, pero antes Patricia lo dejó en su casa para que cogiera el coche. Germán no quería aparecer con Patricia delante de su hijo y de Rosi. Para él era demasiado pronto y no quería tener que justificarse.

Cuando llegó, Rosi ya se había marchado a descansar o a llorar, y a él lo dejaron entrar, aunque ya no era horario de visita.

—Solo un momento, no le conviene tener por ahora muchas emociones —le dijo la enfermera responsable de la UCI.

—¿Por qué a mí? —fue lo primero que dijo Nuhazet a su padre.

—No te agobies, seguro que mejorarás —dijo Germán, intentando mantener una actitud positiva y que no le salieran las lágrimas.

—No quiero quedarme toda mi vida en una silla de ruedas.

—No adelantes acontecimientos. Los médicos me han dicho que puede ser pasajero y que, con tratamiento y rehabilitación, podrás mejorar.

—¿Qué significa mejorar? ¿Podré ser el de antes? Ahora mismo tengo problemas hasta para controlar esfínteres. Esto es una mierda, nunca mejor dicho.

La enfermera le indicó a Germán que tenía que irse. Este abrazó a su hijo y se despidió aguantando las lágrimas.

Cuando su padre se fue, Nuhazet ya no se pudo controlar y lloró, pero eran lágrimas de rabia. Llevaba todo el día culpándose de haber querido volver al coma. En su cabeza rumiaban las ideas negativas:

«Fue una estupidez querer regresar a la época de los guanches. No soy el salvador del mundo. Creía que podía cambiar la historia y que Dácil acabaría junto a mí. Nada de eso se produjo y mi osadía la voy a pagar muy cara».

★★★

La historia de la conquista de Canarias y, en concreto, la de Tenerife no había cambiado. Las investigaciones sobre los hechos, las suposiciones o las casi verdades seguían siendo las mismas. El mencey Bencomo plantó batalla. Se produjeron muchas bajas en los dos bandos, pero, sobre todo, murieron muchos guerreros guanches, y muchos de los que sobrevivieron a las batallas fueron vendidos como esclavos.

★★★

Nuhazet comunicó a las enfermeras que, cuando lo mandaran a planta, no quería visitas de ningún tipo, ni siquiera de sus padres. Se sentía tan mal que no soportaba las miradas de pena de los posibles visitantes.

Sus padres habían intentado conseguirle una habitación individual, para que no tuviera que sufrir las visitas que vinieran por su un compañero de habitación, pero no lo lograron. Al final, tuvo de compañero a Javier Hernández.

Solo sabía su nombre, porque se lo dijo una enfermera, pero no habían cruzado palabra, ya que su compañero no hablaba y tenía muchas dificultades para respirar. Le iban a hacer una neumonectomía: lo dejarían solo con un pulmón, puesto que en uno de ellos tenía cáncer.

Los dos se convirtieron en jugadores del mismo equipo, cuyo equipaje eran unas batas que no cubrían el culo. Aunque Nuhazet estaba marcando goles en su propia portería, Javier quería marcarle un último gol a la vida.

La sola presencia de Javier y las dificultades que tenía para ganar ese partido fueron influyendo en Nuhazet, que lo observaba y se decía: «Al menos respiro sin dificultad. Él tiene piernas que ahora no usa y, encima, no respira bien. Se puede decir que, al lado de él, soy un privilegiado».

Se acordó de una frase que le decía su abuelo cuando estaba enfermo: «El que no se consuela es porque no quiere».

Pronto pudo comprobar que a Javier no le venían visitas. Un día le preguntó a una de las enfermeras si él también había prohibido que lo visitaran.

—Lo que sabemos es que vive solo y no dio ningún número de teléfono para avisar a algún familiar o amigo en caso de que empeorara.

Poco a poco, Nuhazet empezó a preocuparse por su compañero, incluso llegó a llamar a las enfermeras en un momento en que le pareció que se estaba asfixiando.

Ese día, al final de la tarde, Javier mejoró. Se separó un momento la mascarilla del oxígeno:

—Gracias, Nuhazet. Eres un buen compañero de habitación.

—De nada, pero mejor es que no hable y se vuelva a colocar el oxígeno.

Javier había oído cómo se llamaba y, por las operaciones que hacían con él las auxiliares y las enfermeras, comprendió que tenía problemas graves en sus extremidades inferiores.

22

El día que se despertó Nuhazet, Germán, al salir del hospital, llamó a Rosi. Ya era de noche, pero no muy tarde.

—Tenemos que hablar de Nuhazet —dijo Germán—. Nos vemos en algún sitio.

—Ya estoy en pijama, ven a casa.

Germán prefería otro sitio; tenía un poco de miedo a la intimidad con su ex. Le había costado la decisión de la separación y no quería volver atrás ni quedarse entre dos aguas, pero accedió a ir a su casa.

—Hola —se saludaron y se dieron un beso de cortesía, como cuando se encuentran dos amigos.

—Nuhazet no está preparado para la situación que se le viene encima —dijo Germán.

—Ni Nuhazet ni nadie está preparado para quedarse parapléjico.

—Ya, eso es verdad. Quiero que me aconsejes cómo ayudarlo y ponernos de acuerdo para utilizar la misma estrategia y no entrar en contradicciones —dijo Germán.

—Quizá deberíamos volver a vivir juntos, al menos cuando él vuelva a casa, para no provocarle otra preocupación.

—Esa recomendación me parece oportunista. Creo que lo que hay que hacer es decirle que ya no estamos juntos. Además, puede que yo esté comenzando una nueva relación.

Rosi se quedó callada; no esperaba que Germán se olvidara de ella tan pronto.

—Yo siempre te seguiré queriendo por todo lo que hemos compartido juntos, eres mi familia y deberíamos mantener una buena relación, pero no conyugal —dijo Germán.

—Vale, perdona —mintió Rosi—, no lo decía con ninguna intención de seguir como pareja, sino de retrasar el contarle la verdad hasta que él estuviera mejor de ánimo.

—Bueno, tú eres la experta, ¿cómo le ayudamos?

—Creo que primero hay que darle tiempo para que asimile su situación. Necesita mantener bien su cabeza y convencerse de que sin las piernas también puede tener sentido la vida.

—¿Pero le damos esperanzas o no sobre su posible recuperación?

—La esperanza es lo último que se pierde, pero hay que tener cuidado con generarle expectativas que luego no lleguen a cumplirse. Dependerá de lo que nos vayan diciendo los médicos.

—Es importante que acepte nuestra compañía.

—Ahora he leído que hay un montón de libros de autoayuda. ¿Le vendría bien leer alguno? —dijo Germán.

—Primero tiene que querer leerlo.

—La empatía que demostremos hacia él va a ser fundamental. Tenemos que intentar ponernos en su lugar. Hay que escucharlo y comprenderlo, permitiéndole expresar sus sentimientos sin juzgarlo.

»Ayudarlo a que se enfoque en las actividades que aún puede hacer, en lugar de centrarse en sus limitaciones.

»Con el tiempo lo podremos ir animando a que participe en actividades sociales y grupos de apoyo.

—Tarea complicada la que tenemos para mostrarnos fuertes ante esta situación. No sé si seré capaz de hacerlo bien —dijo Germán.

—Pues tenemos que intentarlo y dejar las lágrimas en casa, detrás de la puerta, cuando vayamos a estar con él.

—Como psicóloga, ¿lo podrás ayudar?

—Lo más probable es que, si no se recupera, necesitemos de alguien ajeno a nosotros que esté acostumbrado a trabajar con pacientes como él. Es casi seguro que tengamos que enviarlo a un centro como el Hospital Nacional de Parapléjicos.

—Espero que su desesperación no lo lleve a cometer otra locura –dijo Germán.

—Yo también lo espero.

Germán se despidió y acabaron fundidos en un abrazo.

—Lo conseguiremos —dijo Rosi, escapándosele un par de lágrimas, por la situación de su hijo y por las pocas esperanzas que tenía de recuperar su vida conyugal.

Germán salió a la calle pensando que, al menos, la relación con su ex podría ser civilizada y que seguirían unidos por el objetivo de ayudar a su hijo.

Como era su costumbre, comenzó a pensar con actitud filosófica y se acordó del problema del mal según Epicuro, filósofo griego que vivió antes de Cristo, pero que definió el problema de creer en Dios.

En la mayoría de las religiones que él conocía, la figura de Dios era la de un ser que lo puede todo, lo sabe todo y siempre hace el bien. Entonces, ¿cómo era posible que existieran el mal y las desgracias si Dios reunía todas esas características? El dilema de Epicuro, para Germán, estaba claro: ¡Dios no existía!

Si se puede pensar con rabia, eso era lo que acababa de hacer. Germán siempre había sido agnóstico, sin embargo, ahora pensaba que los últimos acontecimientos lo convertían en un verdadero ateo.

23

A Javier ya le habían quitado el pulmón y, después de un par de noches en la UCI, lo habían devuelto a la habitación.

—Hola, Nuhazet, ya estamos aquí otra vez.

—¿Cómo se encuentra?

—Creo que mejor que antes. Ahora es cuestión de adaptarse a la mitad de mis pulmones para intentar vivir una vida entera en los años que me quedan.

Javier tenía sesenta años y había sido, en su juventud, un gran deportista. De ello daban muestra sus anchas espaldas. Llegó a batir el récord de España de 200 mariposa. No fue ese año a las Olimpiadas por culpa de una inoportuna lesión. A los treinta y cinco sufrió una fuerte ruptura sentimental, unida a unas acusaciones de abuso sexual a uno de los niños que entrenaba. Eso le transformó la vida: su familia y sus amigos lo repudiaron, a pesar de que él decía que era inocente y en el juicio no se presentaron pruebas concluyentes del abuso sexual.

Cayó en el consumo excesivo de alcohol y se convirtió en un fumador empedernido. El alcoholismo lo pudo controlar ya cerca de los cuarenta, pero el cigarro no, lo que le provocó el cáncer de pulmón.

—¿Y tú cómo lo llevas?

—¿Usted qué cree? —dijo Nuhazet—. ¿Se imagina lo que es no sentir las piernas y no poder caminar?

—Debe ser algo parecido a no poder respirar y, aunque tengas piernas, casi no poder usarlas por el cansancio.

—Entonces comprende que esta situación es una mierda.

—Puedo intentar entenderlo. Perdona que me meta, pero ¿por qué no quieres tener visitas?

—Me siento incómodo viendo la cara de pena o de sufrimiento que se les pone.

—Tienes que superar eso. Pienso que a tus padres les gustaría estar contigo e intentar, a su modo, ayudarte.

—Ya me imagino el discurso que me van a dar. Mi madre es psicóloga y mi padre es profesor de filosofía. Yo creo que ahora tengo derecho a ser egoísta y comerme solo este marrón.

—Ojalá viniera alguien a visitarme. Tú eres, en este momento, el único amigo que tengo, si me dejas considerarte como tal.

Nuhazet calló; no se atrevió ni a confirmar ni a negarlo.

—Me gustaría que fuéramos amigos, o al menos buenos compañeros de habitación, durante el tiempo que estemos aquí —manifestó Javier.

—Lo intentaré, ya que parece que somos del mismo equipo. Lo digo por el equipaje.

Javier sonrió.

—Eso está bien, un comentario chistoso. Así empieza a reírse uno de sus desgracias.

—Puesto que vamos a ser amigos, no te importará que te pregunte por qué no tienes visitas —dijo Nuhazet.

—No, no me importa. No suelo hablar de estos temas con desconocidos, pero nosotros estamos viviendo bajo el mismo techo —dijo Javier, sonriendo.

Le contó su historia, cómo su vida transcurría llena de situaciones positivas hasta que se torció.

—A pesar de que en el juicio no me condenaron, me despidieron del club de natación, a petición de los padres de los chicos. Mi pareja me dejó y mi familia no quiso saber nada más de mí. Desde entonces he vivido de espaldas a la sociedad, y esa no es forma de cultivar amistades.

—Perdona que te pregunte, pero ¿tu pareja era hombre o mujer?

—Mi pareja era un hombre, del cual estaba muy enamorado. Soy homosexual, ¿tienes algún problema por eso?

—En absoluto, aunque que te quede claro que yo no lo soy —dijo Nuhazet—. Te lo preguntaba porque sospecho que ese podría ser el verdadero motivo por el que los padres insistieron para que te echaran del club.

—Has acertado.

—Los jodidos prejuicios.

—Aunque la separación de mi pareja fue por culpa de los dos. Él tenía dudas sobre mi inocencia y yo estaba cabreado por toda la situación. Así que el alcohol fue mi refugio y el tabaco, un mal compañero. Las consecuencias las estoy pagando ahora, pero estoy vivo. Ya no bebo ni fumo, ni tengo dos pulmones, pero el que me queda quiero que sea el motor de una nueva vida.

—Ojalá tuviera yo la opción de una nueva vida.

—Claro que la tienes. Primero, que igual te puedes recuperar. ¿O ya te han confirmado lo contrario?

—No, no me lo han confirmado, todavía están viendo cómo respondo al tratamiento.

—Vale, pues tienes que querer recuperarte, no tires la toalla. Y si te toca bailar con la más fea, ya pensaremos en todas las cosas que puedes hacer en tu nueva vida.

—¿Pensaremos?

—Sí, pensaremos. Si me dejas, yo te puedo ayudar. Acuérdate de que soy monitor de natación y que he llegado a batir el récord de España. No me importará ser tu entrenador personal.

—¡Gracias! Pero no sé si querré que me vean en la piscina como a un inválido.

—Eso no es ser un inválido, sino una persona valiosa que le echa cojones y se enfrenta a la adversidad.

—Vale, llegado el momento ya veré, pero ahora quiero descansar.

—*OK*, amigo.

La conversación con Javier estaba haciendo reflexionar a Nuhazet. Mañana les diría a las enfermeras o al médico que les dieran un recado a sus padres: podrían ir a verlo cuando quisieran.

24

A la mañana siguiente, cuando apenas estaba abriendo los ojos, miró hacia la puerta de la habitación, que alguien había dejado abierta, y justo en ese preciso instante vio pasar a una enfermera rubia con el pelo casi rojo. Su imagen se le quedó grabada como un fotograma de una película, al tiempo que intentó llamarla:

—¡Dácil! ¡Dácil!

Nadie respondió a la llamada; solo sirvió para despertar a Javier.

—¿A quién llamabas? —le preguntó Javier.

—Creí conocer a una enfermera que pasó por delante de nuestra habitación.

—Pues, para no querer visitas, la llamaste con insistencia.

—Esto es diferente, ella es un caso especial. Es una larga historia.

—Tengo todo el día por si me la quieres contar.

—Pero no sé si te la quiero contar. Y que sepas que voy a dejar que me visiten.

—Me alegro, buena decisión.

—Lo de contarte la historia de Dácil es complicado porque ni yo mismo lo tengo claro.

—Pues inténtalo; igual te sirve para aclararte un poco.

Nuhazet le contó todo lo que recordaba desde la noche de la celebración en el Puerto de la Cruz hasta que había llegado al hospital por segunda vez.

Javier era una de esas personas que sabían escuchar. No lo interrumpió ni un momento.

—Y eso es todo. Aparte de que la enfermera a la que llamé hace un rato, estoy casi seguro de que era ella. ¿Piensas que estoy loco?

—Yo no soy nadie para diagnosticar una locura. Además, sobre lo que es una locura o no, habría mucho que decir. Desde luego, tu historia no es una historia corriente y te ha calado tan hondo como para querer volver a tener un coma.

—¿Y te parece posible que esta mañana haya pasado Dácil por delante de la habitación?

—Ni posible ni imposible. Un psiquiatra tendría una explicación relacionada con algún trastorno que estás sufriendo. Un parapsicólogo diría que estás teniendo un comportamiento que no se puede explicar con las leyes de la naturaleza, pero que eso no significa que no lo hayas vivido.

—Perdona, pero ¿seguro que no has estudiado una carrera universitaria? —le preguntó Nuhazet.

—No, ¿por qué lo dices?

—Tienes una respuesta para casi todo y me das la impresión de ser una persona con la cabeza bien amueblada.

—Gracias, me alegra que pienses eso de mí. La explicación puede venir de que, a partir de cuando me desenganché del alcohol, me dediqué a leer todo tipo de libros y puede que eso me haya ayudado a ser mejor persona. Por cierto, tu historia estaría muy bien para escribir una novela, quizá dentro de lo que se suele llamar realismo mágico.

—¿Qué es eso del realismo mágico?

—Es un movimiento literario que muestra lo irreal, lo extraño o el mundo de los sueños como algo cotidiano y común.

Aunque se considera un movimiento literario, su inicio fue en las artes plásticas.

—No te digo yo que sabes de todo —dijo Nuhazet, sonriendo.

—¡No me tomes el pelo! Pero insisto: si te gusta escribir, tienes un buen argumento.

En eso entró una enfermera para controlar la temperatura y demás parámetros:

—Buenas, ¿cómo estamos hoy?

—Bien —contestó Javier.

De pronto, a Nuhazet se le ocurrió una idea:

—¿Le puedes decir a tu compañera Dácil que quiero hablar con ella?

—No tengo ninguna compañera que se llame Dácil. O, al menos, yo no la conozco.

—Vale, perdona, me pareció verla, aunque puede que esté equivocado.

La enfermera terminó su tarea y salió de la habitación.

—Buen intento —dijo Javier.

En ese momento había empezado el horario de visitas y entró Rosi en la habitación. Saludó y le dio un cariñoso beso a su hijo.

—Tenía muchas ganas de verte.

—Perdona por haber dicho que no vinieran a visitarme. Por cierto, te presento a mi compañero de habitación: Javier. Con su cháchara me convenció de que estaba en un error y que no debería poner trabas para que tú o papá me pudieran visitar.

—Encantada, Javier, y ¡gracias!

—¿Y papá?

—Vendrá a continuación. Las visitas solo pueden ser de una en una.

—¿Sabes dónde está mi móvil?

—Sí, te lo he traído junto con el cargador.

—Es que quiero hablar con Amanda.

—No sé si a tu padre le gustará. Pero ya eres mayorcito.

La conversación continuó con las preguntas de su madre sobre cómo estaba, intentando ser lo más empática posible y dándole pie a que se expresara con libertad sobre su estado de salud físico y mental.

25

Esta vez en el horario de visita, fue su padre.

—¿Qué tal hijo?, ¿cómo estás hoy?

—Con ganas de salir de esta cama, aunque sea en una silla de ruedas.

Su padre le dio un beso, algo a lo que no estaba acostumbrado.

—Tenía muchas ganas de verte —dijo Germán—. Puedo hablar lo de la silla.

—Pues sí, me gustaría. Te presento a mi compañero Javier.

—Encantado de conocerlo, ya me he enterado de que ha influido de forma positiva en Nuhazet para que podamos verlo.

—Solo hemos estado hablando.

—Si te parece, voy a informarme sobre lo de la silla.

—Vale.

—Es estupendo que tengas ganas de dar un paseo, aunque sea por el hospital. Yo también tengo ganas de poder hacerlo, pero todavía no me dejan —dijo Javier.

Al rato llegó Germán.

—Tengo buenas y malas noticias.

—Pues di las malas primero.

—La mala es que en estos momentos todas las sillas están ocupadas.

Las buenas noticias son: que mañana tendrás una a tu disposición y la otra buena noticia, es que pude hablar con uno de los médicos que te está tratando, y resulta que en las pruebas que te hicieron se aprecia que la inflamación de la médula está cediendo y, aunque no se puede dar seguridad, es un primer paso esperanzador para tu recuperación.

—¡Bien, coño, bien! —exclamó Javier—. Perdón, pero me alegro mucho.

—Ojalá —dijo Nuhazet, escapándosele una lágrima.

—Mañana, después del aseo, te ayudarán a vestirte y yo vendré a dar una vuelta contigo por el hospital.

—¿Tienes el carné para conducir sillas de ruedas? —bromeó Javier.

—No, pero mi padre al menos tiene el de coche.

—Pero no tengo el de silla, espero llevarte por los pasillos sin provocar ninguna incidencia grave —dijo Germán sonriendo.

—Bromas aparte, deberías poco a poco ir acostumbrándote al desafío físico que te va a suponer, aprendiendo a maniobrar con la silla. Aunque a la larga, si todo va bien, puedas dejarla —dijo Javier.

Germán le comentó a Nuhazet que por la mañana él le acompañaría en su primer paseo y que por la tarde tendría la primera sesión de rehabilitación.

—No dejes de decírselo a mamá.

—Sí, luego la llamo —dijo Germán.

—¿Cómo que luego la llamas? ¿No vas a casa?

—Bueno… Pues no.

—¿Qué es lo que pasa?

—Te lo queríamos decir más adelante, pero… Tu madre y yo nos estamos separando, aunque nos llevamos bien; puede que hasta mejor que antes.

—Algo sospechaba. Me da mucha pena y me cabrea que me hayan querido tratar como a un niño chico ocultándome la verdad.

—No queríamos que tuvieras más preocupaciones.

—¿Y qué van a hacer?

—Yo he alquilado un apartamento y tu madre está en casa. Tú podrás vivir con cualquiera de los dos. Ya mañana hablamos con más tranquilidad. Así no estaremos dándole la lata a tu compañero.

—Sí, creo que es mejor que te vayas ahora, dame un poco de tiempo para asimilarlo.

Germán se despidió y en la habitación reinó el silencio. Nuhazet cerró sus ojos humedecidos y Javier le respetó su mutismo momentáneo.

Nuhazet sintió una presión en su pecho, le costaba asimilar la ruptura de sus padres. Comenzó a recordar los buenos momentos que había pasado con ellos cuando se les notaba que se querían y se llevaban bien. Sobre todo, se acordaba de las vacaciones de cuando él era pequeño y las pasaban juntos en algún hotel de las islas o de la Península. El viaje a Nueva York cuando tenía quince años. Lo flipado que iba en una limusina que los llevó del aeropuerto hasta el centro de la ciudad, aunque luego se le quedara en el coche una cámara fotográfica que llevaba.

Por su cabeza pasaron un montón de recuerdos: unos buenos y otros no tan buenos. Luego pensó en su presente y pasado más cercano y la nueva situación que tenía ante la vida por varios frentes: «Tuve el accidente que me dejó en coma; quise, por culpa de mi obsesión con Dácil, volver al coma; he puesto en riesgo la libertad de Amanda; puede que me quede parapléjico y encima ahora mis padres se separan».

—A veces la vida es una mierda —dijo en voz alta Nuhazet.

—No quisiera que pensaras que voy de maestro por la vida, pero los palos que me ha dado mi existencia me han enseñado que los caminos difíciles también pueden estar llenos de oportunidades para el crecimiento personal.

—Hubiera preferido no tener ese crecimiento.

—Bueno, mejor descansa —le aconsejó Javier.

26

Estaba en la habitación, moviéndose con la silla, intentando girarla, ir un poco hacia delante, un poco hacia atrás, al tiempo que experimentaba el deseo de saber usarla, con un poco de rabia por verse en la necesidad de utilizarla. La puerta de la habitación estaba abierta y le pareció que por el pasillo acababa de pasar una enfermera con el pelo rubio, casi rojo y probablemente con los ojos azules. Intentó salir lo más rápido que pudo, pero tropezó con la guía de la puerta. Primer momento de frustración; rectificó hacia atrás y cuando salió al pasillo, ni rastro de la enfermera.

Comenzó a moverse un poco por el pasillo, cuando de pronto un gran estruendo lleno de ruidos metálicos, roturas de cristales, crujidos, explosiones y una gran nube de polvo. El suelo crujía al formarse grietas cada vez más anchas que avanzaban hacia la silla. Apenas iba quedando espacio para el ancho de las dos ruedas, hasta que una de ellas quedó en el vacío y Nuhazet junto a su silla comenzó a caer mientras él intentaba aferrarse a algo o, dicho de otra forma, agarrarse a la vida. La caída libre continuaba y, de repente, en un fundido a negro, apareció en la primera habitación de la Torre. Estaba a oscuras y pudo escuchar que había alguien en la otra habitación, los sollozos que escuchaba ya los había oído.

—Dácil, ¿estás ahí?

—¿Eres tú? Nuhazet.

Nuhazet intentó entrar en la segunda habitación, pero la combinación de oscuridad, un escalón y la silla de ruedas se lo impedía. Comenzaba a sentir la frustración provocada por las barreras arquitectónicas.

Seguía escuchando a Dácil llamándolo:

—¡Nuhazet! ¡Nuhazet!

Una de las enfermeras le cogió una mano intentando despertarlo:

—¡Nuhazet! ¡Despierta!

Nuhazet se despertó sudando como consecuencia de lo mal que lo había pasado con la pesadilla.

—Vamos a asearte y a prepararte para tu primer paseo en silla —dijo la enfermera.

—Creo que ya no va a ser el primero —dijo Nuhazet.

—¡Buenos días, chaval! —le dijo Javier—. Estabas liado con tus sueños.

—La verdad es que sí. A veces es preferible padecer de insomnio.

Germán llegó cuando su hijo ya estaba sentado en la silla de ruedas.

—¡Hola, buenos días! ¿Preparado para el paseo?

—¿Me queda otra opción?

—¡Ánimo, tómatelo como una experiencia nueva! —dijo Javier.

La verdad es que, aunque estaba enfadado con la vida por lo que le había pasado, en su interior sentía curiosidad, deseaba superar el reto. Nuhazet, desde niño, siempre había demostrado un afán de superación. Cuando era muy pequeñajo y ya caminaba, no había aparato del parque infantil al que no intentara subirse. Pronto montó en bicicleta sin ruedines, aprendió a patinar, le encantaba la gimnasia deportiva cuando estaba en el instituto y se hizo un buen jugador de baloncesto. Ahora tenía que superar su limitación física actual, y para ello la silla podía ser una forma de recuperar su movilidad.

—Primero, yo te llevo, y cuando tú quieras me lo dices y dejo que te muevas tú, ¿de acuerdo? —dijo su padre.

—*OK*.

—¡Hasta luego, compañero! —dijo Javier.

Nuhazet hizo un gesto con la mano en señal de despedida.

—¿Te parece que vayamos hasta la cafetería? —dijo Germán.

Nuhazet asintió con la cabeza.

—¿Cómo era el nombre de aquel filósofo que dijo que el movimiento se demuestra andando? —le preguntó Nuhazet.

—Diógenes, ¿por qué?

—Porque le faltó decir que también se demuestra rodando.

—Me alegro que te lo tomes con filosofía —dijo Germán sonriendo.

—Déjame llevar la silla por este pasillo hasta el ascensor.

Nuhazet logró realizar sus primeros pasos o, mejor dicho, sus primeros giros con éxito. Ya en la cafetería, se sentía observado y él intentaba averiguar cómo eran las reacciones de los demás. Notaba que algunas personas lo observaban con curiosidad y otras con incomodidad. Su padre intuyó que estaba muy pendiente de la gente.

—Seguro que estás pensando en cómo te ve la gente, ¿me equivoco?

—Puede que no.

—La gente está acostumbrada a ver personas en sillas de ruedas y más en esta cafetería.

Germán se moría de ganas de preguntarle detalles sobre por qué había querido caer en coma de nuevo y cuál había sido la verdadera actuación de Amanda, pero se contuvo y pensó que ya lo intentaría en otra ocasión. En ese momento se acercó a la mesa un antiguo alumno de Germán y eso le ayudó también a dejar sus intenciones para otra ocasión.

—¿Quieren un cupón?

—¡Hola, Fabián!

—Don Germán, ¿qué tal? ¿Qué le trae por aquí? —dijo Fabián al reconocer la voz de su antiguo profesor.

—De visita.

En eso, Fabián tocó con su bastón la silla de ruedas.

—¿Quién está en la silla?

—Es mi hijo, Nuhazet.

—Hoy es mi primer día motorizado.

—No te voy a preguntar por qué, pero a cambio me tienen que comprar un cupón —dijo en plan de broma.

—Eso está hecho, dame dos diferentes del sorteo extraordinario, uno para cada uno —dijo Germán.

—Como tengo confianza con tu padre, me voy a atrever a darte un consejo: no sé si tendrás que usar la silla mucho tiempo o no, pero intenta sacarle partido si la necesitas. Tu padre sabe que yo con mi ceguera perdí muchos años. No era independiente en mis desplazamientos. En el instituto siempre iba cogido del brazo de un compañero o compañera para ir de una clase a otra; mis padres no querían que usara el bastón.

—Gracias por tu consejo —le dijo Nuhazet.

—Bueno, que te recuperes pronto.

—¡Adiós, Fabián! —dijo Germán—. Espero que nos hayas dado el cupón premiado.

—Eso seguro —dijo mientras se alejaba moviendo su bastón de derecha a izquierda de forma alternativa.

Tropezó con una mesa mal colocada y casi se cae. Germán hizo por levantarse para ayudarlo, pero Fabián se enderezó.

—Por poco dicen que aquí cayó el ciego —dijo Fabián sonriendo mientras se alejaba.

—Buen chico. Era muy buen estudiante, aunque tuvo que dejar de estudiar y ponerse a trabajar para la ONCE por problemas económicos.

En la puerta de la cafetería apareció Amanda y, al ver que Nuhazet estaba con su padre, no se atrevía a acercarse.

—Amanda, siéntate con nosotros —dijo Nuhazet.

—¿Qué hace esta aquí? —preguntó Germán.

—Yo la llamé.

—Hola —saludó Amanda.

Germán hizo por levantarse.

—¡Espera, papá, no te vayas! He llamado a Amanda porque quiero que sepas la verdad. Yo tuve la culpa y quiero que retires la denuncia por la que Amanda está siendo procesada.

—¡Si casi te mata!

—Ella solo me quiso ayudar. Yo asumo toda la responsabilidad.

—¿Y quién me dice que no te va a volver a ayudar?

—Te prometo que no lo voy a intentar de nuevo —dijo Nuhazet.

Amanda no se atrevía a hablar.

—¿Y tú qué dices?

—Yo también se lo prometo.

—No me gusta la idea, pero lo pensaré.

Diciendo eso, se levantó y dejó a Nuhazet con Amanda.

—Creo que sí se lo pensará y quitará la denuncia —le dijo Nuhazet cogiéndole la mano.

—De lo que estoy segura es que no te ayudaré más a hacer una locura de las tuyas. Lo he pasado muy mal.

—Perdóname, he sido un egoísta.

Estuvieron un rato hablando y, al final, Amanda lo llevó de vuelta a su habitación y de paso Nuhazet le presentó a Javier, que estaba contento porque le iban a dar el alta. Tendría que seguir un tratamiento, una vida tranquila y acudir a la consulta del especialista de forma periódica.

—Pero seguiremos en contacto si a ti te parece —dijo Javier.

—Claro que sí, dame una llamada perdida para registrar tu móvil en mis contactos. Espero que a mí me den el alta pronto, aunque no pueda caminar.

27

Rosi fue a buscar a su hijo para llevarlo a su casa. Había un pequeño problema y es que la construcción de un chalé adosado de dos plantas no permitía ir a la habitación de Nuhazet sin pasar por una escalera. Así que Rosi, con ayuda de Germán, había adaptado de forma provisional una parte del salón como habitación para su hijo.

Ese día, después de la cena, Rosi y Nuhazet estuvieron hablando mucho rato. Rosi quería ayudarlo y asegurarse de que no pusiera en práctica ninguna idea descabellada. Al final, Nuhazet, que quería y necesitaba ayuda, le contó a su madre toda la historia de su viaje al mundo guanche. Estaba claro que Dácil era una obsesión.

—Es una historia bonita, pero solo es un sueño —dijo Rosi.

—Para mí es real y necesito volver a encontrarla.

—No sé si sabes que nuestra memoria no es un almacén fiable y está llena de falsos recuerdos. No somos el resultado de nuestra historia, sino la forma en que la guardamos y la codificamos. En tu caso, los falsos recuerdos pueden estar más presentes por el modo en que se generaron.

—Sean recuerdos o falsos recuerdos, yo los viví con curiosidad y mucha emoción y seguiré intentando volver a ellos, pero te prometo que no atentaré contra mi salud.

—Eso espero, tanto tu padre como yo hemos sufrido mucho.

—¡Ven, acércate! —Nuhazet le dio un beso y un abrazo—. Te lo prometo.

Sonó el teléfono fijo.

—Hola, Rosi. Pásame a Nuhazet.

—Dime, papá.

—¿Tienes el número del cupón de la ONCE que le compré a Fabián y que te regalé? Creo recordar el número, pero ¿me puedes confirmar el número y la serie?

Nuhazet buscó en su cartera y lo hizo.

—Hijo, ¡eres millonario!

—¿Qué dices? ¿Me estás tomando el pelo?

—En absoluto. Has ganado once millones de euros, menos el importe que se lleva el estado. ¡Muchas felicidades!

—¿Y tú no tienes una parte por haberlo comprado?

—No, el cupón fue un regalo y espero que lo disfrutes. Si te parece, mañana te voy a buscar y vamos al banco.

—¡Gracias, papá! Parece que aquí se cumple lo de que no hay mal que por bien no venga.

—Creo, mamá, que lo de la habitación va a estar resuelto. Buscaré una casa sin barreras arquitectónicas y, a ser posible, con piscina para intentar recuperarme.

De pronto, Nuhazet comenzó a llorar.

—Pero ¿qué te pasa?, ¿no estás contento?

—Claro, pero cambiaría todo ese dinero por poder caminar y moverme como antes.

Rosi lo abrazó.

—Te entiendo. El dinero no da la felicidad, pero ayuda, y seguro que a ti te va a ayudar.

Nuhazet lo primero que hizo fue llamar a Javier primero y luego a Amanda, para decirles la noticia y para ofrecerles trabajo. Serían sus ayudantes y personas de confianza, entretanto no se recuperara y fuera autónomo e independiente. Los dos tenían carné de conducir, aunque Javier tenía más experiencia.

Amanda le dijo que se lo pensaría, no estaba segura de querer trabajar con la persona de la que estaba enamorada y no poder expresarle sus sentimientos. Además, estaban sus estudios.

Javier no puso impedimentos, al contrario.

—¡Hola, Javier!

—¡Hola, amigo!

—¿Cómo estás?

—Mejor que hace mucho tiempo.

—¿Te acuerdas de que me dijiste que no te importaría ser mi entrenador personal en la piscina?

—Sí, y lo sigo manteniendo.

—Pues lo vas a ser, pero con sueldo. Acabo de ganar unos cuantos millones de euros con un cupón de la ONCE.

—¡Enhorabuena!

—Además de entrenarme en la piscina, serías una especie de ayudante. Entre otras cosas, me ayudarías en los traslados. Por cierto, ¿tienes carné de conducir?, ¿serías capaz de conducir una furgoneta?

—He conducido hasta camiones, no hay problema.

—Lo primero que vamos a hacer es buscar un coche tipo furgoneta en donde pueda entrar bien con la silla. Y voy a buscar una casa comprada o alquilada que tenga piscina.

—Pues vamos a estar entretenidos. Me encanta el plan.

—Ya te aviso cuando tenga disponibilidad del dinero.

—Mientras tanto, yo voy a hacer una investigación sobre el posible vehículo. ¿Nuevo? ¿Seminuevo? ¿Marca?

—Seminuevo estaría bien y me encantan los Mercedes.

—Apuntas alto —rio.

—No hemos hablado de sueldo ni de horario —dijo Nuhazet.

—No te preocupes, ya tendremos tiempo de ponernos de
acuerdo y gracias por ofrecerme el empleo.

—Gracias a ti. Te llamaré en un par de días.

CUARTA PARTE

28

Dácil salió del agua, tal como había entrado. Sobre su cuerpo solo había lágrimas saladas del Atlántico que surfeaban por sus senos, pasando sin parar por su liso vientre y perdiéndose en la espesura de su casi rojo monte de Venus.

Nuhazet la contemplaba con el deseo de secarla con su propio cuerpo, pero algo iba mal. Empujaba la silla y no avanzaba, no podía llegar hasta ella, las rocas y grandes callados no le permitían acercarse. Intentó levantarse, haciendo un gran esfuerzo con sus brazos, pero perdió el equilibrio y resbaló de la silla al suelo. Quedó tendido boca abajo sobre los callados. No podía levantarse. En su posición no alcanzaba a ver si Dácil seguía en la playa. La marea comenzó a subir rápida y de forma constante. El agua ocupaba su espacio con una espuma blanca, que quería penetrar por su nariz como si estuviera encargada de cumplir una sentencia de muerte. Nuhazet intentaba aguantar la respiración, pero cuando no pudo más, se despertó medio asfixiado, jadeando y con una fuerte presión en su pecho.

Poco a poco se fue calmando, miró a su alrededor y comprobó que estaba en su nueva casa. Presionó el interruptor que tenía al lado de la cama y apareció Gloria, Amanda se había negado al ofrecimiento de trabajo que le había hecho. Gloria estaba contratada para ayudarle en su nueva vida, atada a la silla, una mezcla de enfermera y asistente personal. Era una enfermera con experiencia y rondaba los 43 años. Su trabajo era a tiempo completo, pero con horas libres cuando Nuhazet no la necesitara.

Para encargarse de la limpieza de la casa y de la cocina estaba Lidia, una emigrante sueca que había llegado a Canarias para mejorar el español. Había trabajado en la cocina de un restaurante, pero se le había acabado el trabajo. Javier la conocía y se la propuso a Nuhazet y este la aceptó cuando le presentó la mejor de las referencias: tenía el pelo rubio y los ojos azules.

La casa, situada en el municipio de Icod, con vistas a la isla baja, era un chalé de una sola planta, con suelos de parqué, excepto en los baños y en la amplia cocina, cuatro habitaciones, un enorme salón, y garaje en el sótano. Toda la construcción estaba rodeada de una terraza en donde estaba la piscina. La vivienda había sido construida por encargo de unos alemanes que ya estaban mayores y la vendían porque querían ir a vivir a un piso, en un núcleo más urbano, para acceder con más facilidad a los servicios médicos.

En el garaje estaba entrando una Toyota Proace Verso, recién comprada en una subasta, de la que Germán se había enterado por Patricia. La habían obtenido a buen precio, estaba con pocos kilómetros y adaptada para la silla de ruedas. A Nuhazet le hubiera gustado una Mercedes, pero aparte de costarle mucho más caro, hubiera tenido que esperar meses para tenerla. La disponibilidad de la Toyota, aparte del precio, influyó en la decisión.

Ese día, Javier, Gloria, Lidia y Nuhazet salieron a dar una vuelta y probar la furgoneta. Una vez aprendido el procedimiento para subir la silla al vehículo, se fueron hasta Buenavista dando un paseo. Durante el viaje, aparte de alabar las dotes de conducción de Javier y la comodidad del vehículo, todos estaban contentos con su nueva vida, sobre todo, Nuhazet:

—Hoy es uno de los primeros días, que después de mi lesión, me siento afortunado y hasta contento. Debe ser porque estoy con el equipo A.

Todos rieron. La verdad es que comenzaba a fraguarse una buena relación, entre los cuatro.

Se bajaron en la playa de Buenavista y cogieron un poco de sol y respiraron el aire del mar. No era la playa de La Coronela donde había estado con Dácil, pero la brisa que lo inundaba de olor a mar le hizo recordar: «¿Por qué no se habrá quedado mi cuerpo o mi mente en el Tenerife de aquella época? No se me borra la imagen de tanta belleza y espero que no se me borre nunca».

La belleza era por la naturaleza salvaje de la isla, sin aberraciones urbanísticas ni miles de kilómetros de asfalto, pero sobre todo por Dácil.

Nuhazet estaba sentado en la silla de frente al mar, Javier la había bajado no sin dificultad hasta la arena, y les pidió que le dejaran un rato solo.

—Me da mucha pena verlo en la silla de ruedas y pensar que puede que no se recupere nunca —dijo Lidia.

—A mí me da un poco de pena, pero también pienso que gracias a su enfermedad es millonario.

—¡Por Dios, Gloria! No me digas que a ti no te importaría estar en silla de ruedas si eso te hacía millonaria —dijo Lidia.

—Yo confío en que se recupere. Es un chico fuerte. Si conseguimos entre todos que tenga ganas de vivir sin estar atado a la silla, igual lo logra —dijo Javier.

—Solo porque queramos nosotros, no lo va a lograr y puede que no queramos que sea muy pronto —dijo Gloria —. Ya sé que es un pensamiento egoísta, pero si se recupera, puede que se nos acabe el empleo.

—Pues a mí no me importaría perder el empleo mañana mismo si él se recupera —dijo Lidia.

—Me da que Nuhazet te gusta —dijo Gloria.

En eso, Nuhazet les hizo señas para que lo fueran a buscar.

—No se crean que todos los días vamos a estar de fiesta —dijo Nuhazet—. Por cierto, les pido perdón por mis posibles futuros días de mal humor. No siempre estoy como hoy.

—Si te parece, esta tarde empezamos con el entrenamiento en la piscina, ¿de acuerdo? —dijo Javier.

—Vale, espero que no seas muy duro —dijo Nuhazet sonriendo.

29

Todos los días después del desayuno, preparado por Gloria, llegaba Javier y lo llevaba a La Orotava, donde habían abierto un centro de fisioterapia, que tenía entre sus especialidades el trabajo con parapléjicos. Mientras, libraba Gloria hasta las cinco de la tarde, a esa hora se incorporaba al trabajo para ayudar a Nuhazet en lo que hiciera falta, y ya se quedaba hasta el día siguiente.

Por la tarde trabajaba en la piscina siguiendo las pautas que le indicaba Javier. A eso de las siete, Javier terminaba su trabajo y se marchaba, aunque de vez en cuando se quedaba a cenar con el equipo A. Lidia trabajaba de 12 de la mañana a ocho de la noche y entre sus cometidos tenía el hacer la compra cuando no la encargaba Nuhazet vía *online*. Algunas veces Lidia también se quedaba a cenar.

Los fines de semana, no todos, Nuhazet solía comer con su madre, o con su padre de forma alternativa. Casi siempre en el chalé y algunas veces salían a un restaurante, aunque esa opción no le gustaba demasiado a Nuhazet.

Una mañana cuando iban hacia la Orotava, Javier lo animaba, ya que era uno de esos días que Nuhazet estaba de mal humor:

—Parece que mejoras, ¿no estás contento?

—Debería, es verdad que estoy empezando a sentir las piernas y que nadando casi las muevo, pero también tengo motivos para preocuparme.

—¿Qué motivos?

—Hablando claro: ya no me empalmo.

—Cómo vas a saber eso si no has tenido ninguna relación sexual.

—Antes de la lesión amanecía casi todos los días con una buena erección mañanera. Ahora, ni de bromas.

—No desesperes, todo irá llegando y lo más probable es que necesites un buen estímulo. Igual lo podemos solucionar.

—Sé lo que estás pensando. Y ya te digo que no, no quiero contribuir a que exista la prostitución ni quiero pagar por estar con una mujer.

—Vale, de acuerdo, pero algún remedio habrá. Tengo entendido que hay personas parapléjicas que están casadas y tienen relaciones sexuales utilizando las pastillitas azules, incluso llegan a tener hijos.

—Pero yo no estoy casado, ni tengo pareja.

—Prueba a recordar a tu Dácil, desnuda, cuando salió del agua en La Coronela e intenta estimularte.

—¿Es que crees que no lo he hecho?

—¿Y?

—Nada de nada.

—Deberías consultar con tu médico y comentarle lo de las pastillas.

—Bueno, cambiemos de tema, no me apetece hablar de esto y ya he hablado demasiado.

Javier le hizo caso y empezó a hablar de lo mal que está el mundo, de los conflictos bélicos, del exterminio de los palestinos y de la ineficacia de la ONU. Dejó a Nuhazet con el fisio, se fue a tomar un café como todas las mañanas y a darle vueltas a la cabeza, pensando cómo podía ayudar a su patrón y amigo.

En el centro de fisioterapia, entre otros ejercicios que le tocaba ese día estaba hacer pesas para fortalecer el tren superior.

—Tenemos que trabajar bien los brazos, hay que estar preparados por si conseguimos pasar a las muletas —dijo su fisio.

—Haré todos los ejercicios, pero no nos olvidemos de estas inútiles piernas.

—Intenta no ser negativo, ¿*OK*?

—¡Perdona! Hay días y días, y hoy es uno de esos que no estoy muy positivo.

—Como ya te he dicho, creo que deberías sopesar la posibilidad de ingresar unos meses en el Hospital Nacional de Parapléjicos con sede en Toledo. Por supuesto que aquí siempre tendrás las puertas abiertas, pero allí no solo tendrás el entrenamiento que hacemos aquí, sino que los pacientes pueden acceder a neuroprótesis, estimulación cerebral profunda, multitud de terapias, incluidos proyectos que utilizan las células madre.

—Siguiendo tus anteriores consejos y los de mis padres, ya he tramitado mi solicitud de ingreso.

—Me alegra oírte, pero te voy a dar un consejo más: la actitud positiva es muy importante para el éxito de los tratamientos.

—Lo sé, lo sé, y te aseguro que lo intentaré.

Pasaron quince días y al final había conseguido plaza en el Hospital de Parapléjicos. Gloria y Javier lo llevarían al aeropuerto y lo dejarían en manos de uno de los auxiliares del servicio de asistencia para las personas con movilidad reducida. Este lo ayudaría hasta que entrara en el avión.

El viaje sería dentro de tres días y ese sábado había cena de despedida. Estaban casi todos: el equipo A, Rosi, Germán y hasta Patricia. Esta última había sido duda hasta el último momento. Pero Rosi ya había aceptado la separación y que Germán estuviera intentando rehacer su vida sentimental. A Amanda la había invitado Nuhazet, pero puso una disculpa para no acudir.

La cena fue preparada por Lidia con la ayuda de Gloria e incluso Javier también colaboró. A pesar de unos momentos un poco tensos cuando Germán presentó a Patricia, la velada transcurrió sin problemas y, por momentos, fue hasta divertida.

30

Nuhazet estaba contento y feliz, caminaba por la variante del Drago en dirección a la Torre, cada paso que daba era como un triunfo, no solo porque iba sin la silla, sino porque cada vez que colocaba un pie en el asfalto, este se transformaba y desaparecía el piche cambiándose unas veces por tierra, otras veces por rocas basálticas. Era como si el paisaje estuviera construido con píxeles y estos fueran cambiándose al ritmo de su andar. A pocos metros por delante de él se iba produciendo una especie de lluvia de copos verdes que al llegar al suelo no se disolvían como los de nieve, sino que se transformaban en hierbas o en frondosas plantas. Las viviendas y construcciones del siglo XXI se desvanecían y solo quedaba la Torre.

En esa ocasión, al llegar a la Torre, actuó rápido: eliminó de una pedrada al vigilante, entró enseguida en la habitación donde se encontraba Dácil y, sin explicaciones, la desató, le dio otro golpe al soldado que estaba levantándose, tiró de la mano de Dácil y salieron corriendo cuesta abajo en dirección de la playa de La Coronela.

En su primer encuentro fue ella quien marcó el camino, aunque ahora era Nuhazet quien iba delante imprimiendo un ritmo rápido, no quería que los conquistadores tuvieran ninguna opción de encontrarlos, apenas cruzaron palabras en el camino.

Cuando llegaron a la playa, Dácil se quedó mirándolo:

—¡Gracias!

—No tienes por qué darme las gracias, mi mayor deseo era volver a encontrarte y liberarte —dijo Nuhazet.

—¿Es que ya nos habíamos visto?

—Sí, es una historia larga, pero ya te la contaré.

—Bueno, voy a darme un baño, quiero volver a sentirme limpia.

Dejó caer su tamarco sobre los callados de la playa y entró desnuda al agua. Nuhazet la contemplaba como quien ve una obra de arte que ya conoce, pero que cada vez que la observa le encuentra más detalles que apreciar.

Ella masajeaba su cuerpo para quitarse la suciedad y sentir el agua salada refrescando su piel. Luego, se sumergió del todo y nadó en contra de las olas. Nuhazet temió que se fuera muy lejos y que la arrastrara la corriente, pero Dácil se defendía bien en el agua.

Se acercó a la orilla y lo llamó:

—¿No quieres bañarte?

Él no lo dudó, se quitó la ropa y se metió en el agua, mientras Dácil lo contemplaba. Nadaron juntos un rato y volvieron hacia la zona donde hacían pie. De pronto, el deseo y la atracción que dominaba a Nuhazet se transformó en un impulso: la cogió por la cintura y acercó poco a poco su boca a los carnosos labios de Dácil; ella no lo rechazó y respondió entreabriendo su boca. Los dos se fundieron en un abrazo lleno de humedad que no solo procedía del agua salada.

—¡Nuhazet! Tenemos que irnos, si no llegaremos tarde al aeropuerto —dijo Javier—. ¡Nuhazet!

Nuhazet no le quería hacer caso.

—Ya lo seguirás probando en otro momento.

—¡Joder, Javier!, ¡qué inoportuno! Estaba con Dácil.

Nuhazet miró a su entrepierna y vio que tenía una erección. Eso era muy positivo y un buen dato para su posible recuperación, pero no le dijo nada a Javier.

—¿Nos podemos llevar el sistema de realidad virtual y multiverso?

—Habría que empaquetarlo bien, ya las maletas están hechas y no tenemos tiempo. Si quieres tenerlo en Toledo, yo te lo puedo enviar por paquetería. Aunque lo importante es que te centres en tu realidad y en el trabajo de recuperación.

★★★

Nuhazet se había informado sobre las teorías del multiverso y las gafas de realidad virtual. Buscando información, encontró una empresa que aplicaba la inteligencia artificial para mejorar la retroalimentación háptica que permitía experiencias más realistas, llegando a poder sentir la textura de objetos o personas virtuales. La IA podía analizar las emociones del usuario y ajustar el entorno virtual para mejorar las vivencias.

La empresa llevaba varios días trabajando en el proyecto, habían escaneado la Torre por dentro y por fuera, con la colaboración del vecino que desocupó los cuartos, quitando trastos y aperos, previa compensación económica.

También habían escaneado la playa de La Coronela y trozos del trayecto para llegar a ella.

Nuhazet les había contado parte de la historia de su sueño y había ayudado a construir un retrato robot de Dácil, no solo de su rostro, sino también de su cuerpo y del tipo de voz.

La empresa, que le cobraba un dineral a Nuhazet por el proyecto personalizado, tanto por el *software* como por el *hardware*, aseguraba que la IA y las gafas de realidad virtual, combinadas, tenían el potencial de transformar el multiverso en un espacio inmersivo, personalizado y accesible. Aseguraba que podían mejorar la interacción y el rendimiento hasta crear experiencias emocionalmente poderosas.

Nuhazet lo acaba de comprobar, pero ahora tenía que marchar al aeropuerto.

31

Germán leía los periódicos digitales, como todos los sábados. Patricia aún dormía, se acostaron tarde, habían salido a cenar con unos amigos y luego a tomar unas copas. Cuando volvieron al apartamento se entregaron a disfrutar del sexo. La relación iba progresando de forma positiva. Cada uno se sentía a gusto con el otro.

A Germán le preocupaba la tozudez de su hijo, que hacía cuatro días de su marcha hacia Madrid, para a continuación ir a Toledo y no había llamado. Él había decidido que quería desenvolverse solo desde que bajara del avión en Madrid, que se quedaría unos días en la capital, con el reto de ser capaz de pasear por la ciudad, moverse en transporte público y asistir a algún museo. Pasados esos días marcharía al Hospital de Parapléjicos.

Germán decidió llamar a Rosi para ver si tenía alguna noticia de su hijo:

—Hola, Rosi. ¿Sabes algo nuevo de Nuhazet?

—Lo último que sé es su llegada al aeropuerto de Los Rodeos, cuando me llamó antes de pasar el control, y que ya le había dicho a Javier que lo dejara solo con el personal del aeropuerto que ayuda a las personas que no tienen movilidad.

—La verdad es que es un cabezota: se empeñó en que si todo iba bien, no nos llamaría hasta estar en Toledo.

—Entiende que él quiere superar nuevos retos relacionados con su autonomía, pero al mismo tiempo no está muy seguro de su posible recuperación y por eso actúa así.

—Tendremos que esperar a que nos llame el niño. ¿Tú estás bien?

—¡Sí, muy bien!

Se despidieron y quedaron en llamarse cuando recibieran alguna noticia nueva.

Germán siguió leyendo, intentando no preocuparse y aceptar la situación. Una de las noticias tenía que ver con una investigación realizada por miembros de uno de los departamentos de la facultad de historia de la Universidad de La Laguna: «Historiadores de la ULL han encontrado pruebas que desdicen algunos de los acontecimientos que se daban por válidos en la historia de la conquista de Tenerife por parte de Alonso de Lugo».

En ese momento, Patricia salió del dormitorio, medio desnuda pero con cara de preocupación:

—Me ha llamado un compañero del cuartel, dice que el vecino que utiliza la Torre fue a entrar a buscar unas papas y se encontró una silla de ruedas delante de la puerta. A él le parece que esa silla es la misma que tenía Nuhazet el día que fue a visitarlo.

—Pero eso no puede ser, él ya estará en Madrid. Javier lo dejó en el aeropuerto.

—Ya lo sé. Eso pienso yo también, pero le dije al compañero que nosotros nos dábamos un salto a comprobarlo.

Se desplazaron a la finca donde estaba la Torre y pudieron comprobar que sí era la silla de Nuhazet. La misma marca, el mismo color y una N que le había pegado detrás del respaldo.

Patricia comenzó a investigar, aunque de forma oficial no se había declarado como desaparecido. En el hospital de Toledo no había ingresado ni habían tenido comunicación con él. Luego, investigó en el aeropuerto y resultó que había pasado el control de seguridad, pero no había embarcado en el avión. Los hechos empezaban a ser preocupantes. Buscaron a la persona que le ayudó con la silla, se llamaba Juan Falcón y llevaba varios días que no iba a trabajar. Su último trabajo había sido llevar a Nuhazet al avión, cosa que estaba claro que no había hecho.

Patricia buscó la dirección de Juan y fue a su domicilio, nadie contestaba al portero eléctrico.

—Tenemos que entrar —dijo Germán, que le había acompañado en sus averiguaciones.

—No podemos, no tengo ninguna orden judicial para hacerlo.

—Seguro que alguna vez te has saltado las normas y la vida de mi hijo puede estar en peligro.

—Me estás presionando para que cometa ilegalidades, pero…

Patricia sacó un llavero con un par de ganzúas y se dispuso a abrir la puerta. En el interior no encontraron a nadie. Un par de habitaciones bastante desordenadas y en una de ellas unas cuantas maletas que podían ser el fruto de varios robos en el aeropuerto; Juan no parecía ser trigo limpio. Las maletas de Nuhazet no estaban. Más tarde se enteraron de que estaban en el aeropuerto de Barajas, sus maletas sí habían hecho el viaje.

—Por culpa de su empeño en no llamarnos hasta que estuviera en Toledo, hemos perdido unos días valiosos para buscarlo —se lamentó Germán.

—Si tu hijo no llegó a embarcar, hay que poner una orden de búsqueda para Juan Falcón.

—¿Y declarar como desaparecido a Nuhazet? —preguntó Germán.

—También, tienes que dejarme fotos de tu hijo para distribuir por los distintos cuarteles de la Guardia Civil y comisaría de la Policía Nacional y Autonómica.

—¿Qué te parece si hablamos con Amanda? Igual esa mosquita muerta tiene que ver con lo que le ha pasado a Nuhazet.

—¿Crees que ha hecho algo para que tu hijo vuelva a su sueño?

—No lo sé, pero lo deberíamos averiguar.

Amanda manifestó que no tenía nada que ver y tenía coartada para el día que iba a tomar el avión Nuhazet. Se mostró bastante preocupada por su suerte, ella seguía enamorada de Nuhazet. Les pidió por favor que la mantuvieran informada.

★★★

Juan Falcón apareció cuando iba a coger un ferry para La Gomera. Un policía autonómico lo identificó y lo trasladaron a su base en Añaza. Cuando lo interrogaron, confesó que cuando estaba bajando a Nuhazet a la pista para subirlo al avión, se les acercó una mujer que también llevaba un chaleco como el suyo de «Sin Barreras» y Nuhazet le ofreció dinero para que lo dejara con ella. A Juan le pareció muy raro y en principio se negó, porque era su responsabilidad llevarlo hasta el avión, aunque Nuhazet lo acabó de convencer dándole mil euros, que era todo el dinero que llevaba en la cartera.

Cuando le pidieron que describiera a la mujer, Juan comentó:

—Era joven, como de 20 o 21 años, muy guapa. Entiendo que el chico se haya querido ir con ella y no coger el avión.

—Descríbala un poco mejor —le inquirió el policía.

—Pues… tenía los ojos azules y su pelo era rubio, casi rojo.

Epílogo

Nuhazet no volvió nunca a por su silla de ruedas.

Patricia siguió investigando porque Germán se lo pedía, pero ella ya dudaba de poder obtener resultados o alguna pista más sobre el paradero de Nuhazet. Había investigado a todo el personal de la casa por si estaban implicados en un secuestro. Por otra parte, nadie había reclamado ninguna cantidad de dinero. Tampoco se había movido el dinero de las cuentas de Nuhazet.

Rosi contactó con un amigo que era parapsicólogo y estuvieron investigando en la Torre si existían energías que se pudieran considerar paranormales.

Amanda, por las noches, examinaba las estrellas, buscando a Sirio, deseando obtener alguna comunicación. Una de esas noches le pareció que su abuela le enviaba noticias comunicándole que Nuhazet estaba bien.

Los historiadores de la Universidad de La Laguna seguían investigando documentos donde figuraban indicios de que el mencey Bencomo y Alonso de Lugo llegaron a firmar acuerdos. Acuerdos que permitieron vivir en paz durante un período de tiempo que estaba aún por determinar.

Nota del autor

Esta novela es pura ficción y, aunque se toman algunos datos de la historia en tiempos de la conquista de Tenerife o de la actualidad, la realidad y la fantasía se van alternando y se tocan como el agua del mar cuando acaricia la arena de la playa.

Algunos nombres son reales, son personas que han existido, o existen, como los historiadores e investigadores de la ciudad del Drago, que figuran en el capítulo primero. Entre ellos quiero destacar la labor de asesoramiento y de corrección que he recibido para esta obra por parte de Estanislao González y González.

El personaje de Bencomo existió, pero sobre Dácil no se tiene la misma certeza, ya que parece haber sido un símbolo o un mito que sirvió de pretexto para la creación literaria de Viana y otros autores posteriores, aunque no siempre con su nombre. En mi novela, tanto las acciones de Bencomo como las de Dácil, como las de los demás personajes, son fruto de mis neuronas, preñadas de fantasía.

Los nombres de Pelicar y Romén fueron un invento del joven poeta Antonio Viana, pero que se han quedado dentro de las mentiras de la historia, como se deduce del artículo de la profesora doña María Alonso en el periódico *El Día* de 5 de septiembre de 1993 refiriéndose a Viana: «*[…] a Icod o Icode le planta el de Bellicar (más tarde Pelicar), a Baute o Daute o Ibaute, Romén*».

Los personajes del siglo XXI que interactúan en esta historia son todos fruto de la ficción, aunque los lugares que aparecen, sobre todo en el noroeste de la isla, son reales. La Torre sigue existiendo y demandando un estudio en profundidad sobre su origen.

Agradecimientos

A Marisa por apoyar siempre mis proyectos.

A Juan José Rodríguez, María Mercedes Luis, Benjamín Alba y Lupercio González por ser mis lectores beta.

A Estanislao González por su ayuda y asesoramiento.